NOTA DEL EDITOR

Este es el sexto volumen de los diarios de Charlie Small y ¡nunca adivinaríais cómo salió a la luz! Pues un curtido pescador del norte, que llevaba un sombrero impermeable en la cabeza y calzaba botas de pescador, apareció un día por nuestra oficina. «Pensé que esto os podría interesar —dijo con voz ronca—. ¡Lo encontré dentro de un bacalao que pesaba trece kilos mientras lo destripaba para cocinarlo para la cena de la tripulación! ¡Ahí dentro hay escritas unas historias increíbles!» Mientras decía eso, dejó uno de los cuadernos de Charlie Small, maltrecho y manchado de lodo, encima de nuestro escritorio.

Dimos las gracias a ese viejo lobo de mar y, con gran emoción, leímos el cuaderno desde la primera hasta la última página. El pescador tenía razón: ¡este es el cuaderno más increíble, emocionante y alucinante de todos los de Charlie Small! Y ahora, aquí lo tenéis: ¡es para vosotros!

Seguramente encontraremos más cuadernos, así que tened los ojos bien abiertos. Si alguna vez os tropezáis con un diario que tenga un aspecto extraño, o si veis a un chico que es un experto con el lazo o con la bazuca de nieve, por favor, poneos en contacto con nosotros a través de la página de Charlie Small: www.charliesmall.co.uk.

¿Quién es este misterioso encapuchado?

LAS
INCREÍBLES AVENTURAS DE
CHARLIE SMALL (400 AÑOS)

Libreta 6

EL DESFILADERO CONGELADO

¡Brrr!

¡Aaargh!
¡Vigilad!

¡Cuidado,
el viejo baboso está
por aquí cerca!

Título original: *The Charlie Small Journals. Frostbite PASS*
© 2008 Charlie Small

Primera publicación por David Fickling Books, un sello de Random
House Children's Books

Primera edición: junio 2012

© de la traducción: Carol Isern
© de esta edición: Roca Editorial de Libros, S.L.
Marquès de l'Argentera, 17. Pral.
08003 Barcelona
www.piruetaeditorial.com

Impreso por Egedsa.
Roís de Corella, 12-16 nave 1
08250 Sabadell (Barcelona)

ISBN: 978-84-15235-35-4
Depósito legal: B-16027-2012
Código IBIC: YFC

NOMBRE: Charlie Small

DIRECCIÓN: en algún lugar del Gélido Norte

EDAD: 400, ¡de verdad!

TELÉFONO MÓVIL: 07713 12

ESCUELA: La querida y vieja escuela St. Beckham, ¡aunque cuando tenía que ir cada día no me parecía tan buena!

COSAS QUE ME GUSTAN: los gorilas, practicar la lucha con la espada, Braemar Jenny y la abuelita Green; Tom, Eliza y Ma Baldwin.

COSAS QUE ODIO: la capitana Cortagargantas (una matona), el rey de las marionetas (un supermatón), Horatio Ham (un matón y un imbécil), Joseph Craik (el peor matón de todos), los Murciélagos Bárbaros, los túneles interminables y Mapwai.

Si encontráis este libro, <u>POR FAVOR</u> cuidadlo bien porque es la única narración verdadera de mis impresionantes aventuras.

Me llamo Charlie Small y tengo cuatrocientos años, quizá incluso más. Pero en todos estos largos años no he crecido. Cuando tenía ocho años sucedió una cosa, una cosa que todavía no comprendo. Me fui de viaje... y todavía estoy buscando el camino de vuelta a casa. Ahora, después de que un monstruo de baba casi me engullera, de que unos terribles rebuscadores de trufas me atacaran y de haberme hecho amigo de una extraña tribu de gente arbórea, sigo pareciendo un chico de ocho años cualquiera con el que os podríais cruzar por la calle.

He viajado hasta los confines de la Tierra y hasta su centro. ¡Una banda de bandidos me ha perseguido y he cruzado volando el cielo nocturno a lomos de una lechuza de mal carácter! Quizá penséis que todo esto son fantasías, quizá creáis que estoy mintiendo, pero os equivocaríais porque <u>TODO LO QUE SE CUENTA EN ESTE LIBRO ES VERDAD</u>. Creedlo y haréis el viaje más increíble que nunca hayáis imaginado.

Charlie Small

El ataque del monstruo de baba

Estoy escondido entre el laberinto de raíces de un mangle, atascado en una enorme y apestosa marisma donde viven algunos de los monstruos más temibles que existen. Un agua verde se extiende en todas las direcciones, salpicada por cientos de frondosas islas que parecen joyas. Esta es mi primera noche desde que escapé del Mundo Subterráneo ¡y ya empiezo a pensar que hubiera sido mejor haberme quedado allí!

Los problemas empezaron en cuanto aterricé con mi improvisado paracaídas en la costa de una pequeña isla. El agua de la marisma hervía y burbujeaba a mi alrededor, y entonces, de repente, algo empezó a emerger de las viscosas aguas de la ciénaga...

Vi una oreja grande y puntiaguda, goteante de barro; después, un par de ojos amarillos como el sulfuro que tenían un brillo malévolo.

—¡Socorro! —grité.

Intenté salir corriendo, pero las piernas no me respondían. Estaba helado de miedo. Entonces apareció una nariz llena de verrugas e, inmediatamente, unas fauces abiertas que rugían y gorgoteaban. «¡Rayos y centellas! —pensé—. ¡Es una especie de monstruo de baba!»

El monstruo continuó emergiendo de las aguas de la ciénaga hasta que el agua le llegó a la cintura. Era alto como una torre, enorme, y tenía un pelaje largo y de un color verde oliva que le cubría todo el torso. Soltó un rugido abriendo las fauces, y vi unos dientes largos y afilados como cuchillos, grandes como lápidas. Por fin conseguí salir corriendo, pero ¡ya era demasiado tarde! El monstruo alargó uno de sus brazos peludos y me agarró.

Noté que unas garras gigantescas me atenazaban. ¡Ahora sé cómo se siente un coche en uno de esos túneles de lavado! Me retorcí y luché, desesperado por escapar. La criatura quiso apretar el puño a mi alrededor y, entonces, ¡salí disparado de su zarpa como si yo fuera una pastilla de jabón!

¡Socorro!

Salí volando, dando volteretas y girando por el aire, y aterricé sobre un blando colchón de helechos. Me puse en pie de inmediato, pero mi libertad no duró mucho. El monstruo alargó

su garra y volvió a atraparme, pero volví a salir disparado de su resbaladiza zarpa.

—¡Grrrr! —rugió el monstruo, frustrado.

Yo me esforzaba por ponerme a salvo, pero no había dónde esconderse. El único lugar para ocultarse que había en toda la isla eran los helechos sobre los que antes había aterrizado, además de un árbol pequeño. Desesperado, me agaché detrás del estrecho tronco del árbol, pero el monstruo de baba me vio y, alargando un brazo, arrancó el árbol de raíz. «¡Socorro!», pensé. Había arrancado el árbol con la misma facilidad con que yo hubiera cortado una margarita.

—¡Gggggggrrrrrrr! —rugió otra vez el monstruo.

Entonces deslizó su garra por el suelo y, con un gesto rápido, me cogió ¡y me lanzó directamente al interior de sus fauces!

¡Charlie Small de menú!

Caí sobre la lengua del monstruo, resbaladiza y esponjosa, y reboté en ella como si hubiera subido a mi cama de un salto. Y en ese momento, *¡uau!*, empecé a resbalar como si estuviera en un tobogán de la piscina hacia los peligrosos y gigantescos dientes del monstruo.

—¡Socorro! —grité—. ¡Déjame salir, baboso y estúpido matón!

Pero justo en ese momento las fauces se cerraron y sus dientes no me aplastaron la cabeza por milímetros. El monstruo intentó colocarme entre ellos moviendo su lengua viscosa, pero solo consiguió hacerme deslizar hacia el fondo, hacia sus amígdalas. Conseguí no caer en el interior de su garganta agarrándome con fuerza a una de sus muelas. ¡Tenía que hacer algo y deprisa, o acabaría hecho papilla entre esos enormes dientes!

Me senté. Estaba cubierto de saliva. El monstruo enroscó la lengua y entonces aproveché para arrastrarme hacia atrás en dirección a los dientes delanteros. Abrí mi mochila y busqué la única cosa que podía funcionar en ese momento: ¡los bocadillos que Ma Baldwin me había dado antes de que me escapara del Mundo Subterráneo!

Cuando ella me dio los bocatas, envueltos en un paquete, supe por el olor de qué estaban hechos: era mi plato menos favorito de todo el Mundo Subterráneo. Se trataba de uno de los mejunjes de Ma: ¡una especie de paté oscuro al que yo llamaba «marmita de Ma», de sabor fuerte y tan agrio que hacía que los ojos me lloraran! Quizá al monstruo le gustara tan poco como a mí. Mientras me deslizaba resbalando sobre un charco de saliva en dirección a esos dientes trituradores, ¡abrí los bocadillos y esparcí una buena cantidad de ese paté por encima de la lengua del monstruo!

¡El monstruo dejó de mover la lengua de inmediato, tragó saliva (lo cual estuvo a punto de arrastrarme hasta su estómago) y entonces escupió con todas sus fuerzas!

–¡Puaj! –bramó el monstruo de baba mientras yo salía despedido por entre sus labios envuelto en un chorro de saliva.

Volé por encima de la isla, sobre la superficie verdosa del pantano, y aterricé en las aguas poco profundas de otra de las islas, que era más grande. Trepé por el empinado banco de la orilla y me escondí entre unos juncos para mirar hacia atrás: el monstruo estaba cogiendo agua con las manos y se enjuagaba la boca para quitarse el sabor de la marmita de Ma.

Pero enseguida volvió a mirar a su alrededor, buscándome. Así que

me agaché detrás de los juncos, retrocedí a gatas
por entre la espesa vegetación y me interné
en la maraña de raíces de los mangles.

Escondiéndome

Durante casi una hora el monstruo de baba
estuvo buscándome recorriendo el pantano
arriba y abajo, sin dejar de gruñir. Fue de una
isla a otra, rastrillando los juncos y los helechos
con sus garras. Levantaba su verrugosa nariz y
husmeaba el aire, buscando mi olor. Entonces
acercó uno de sus ojos amarillos al árbol en
el que yo me escondía,
esforzándose
por ver algo
en la oscuridad
del interior
de sus raíces.
Me quedé
muy
quieto,
casi sin
respirar,
y observé
ese ojo
que se movía
de un lado a otro

mientras el apestoso aliento de ese monstruo mecía las hojas a mi alrededor.

De repente, el monstruo decidió que abandonaba la búsqueda: dio media vuelta y se alejó caminando por las aguas del pantano. Dejé escapar un profundo suspiro de alivio y… ¡el monstruo izó las orejas rápidamente! «¡Eres un estúpido, Charlie! ¿Es que no aprenderás nunca a estarte quieto?» La criatura regresó a toda velocidad, agarró un puñado de árboles y empezó a tirar con fuerza hasta que los arrancó del suelo. Soltando un gruñido de frustración, los sacudió violentamente y una lluvia de barro y piedras cayó sobre las aguas del pantano. Cuando se dio cuenta de que no había encontrado nada, rugió, decepcionado, y se dispuso a agarrar otro puñado de árboles. ¡Esta vez iba a cogerme también a mí! Pero justo en el momento en que el monstruo alargaba su zarpa en mi dirección, el agua del pantano empezó a bullir y a formar unas burbujas grandes que estallaban a su alrededor. Y del fondo del agua emergió una cabeza con forma de flecha seguida por un cuello ancho y largo…

Una batalla sensacional

Al principio creí que era una serpiente, pero entonces vi que tenía unas pequeñas antenas en la

Un dragón marino emergió de las aguas

cabeza y unas aletas cubiertas de escamas a cada lado de las mandíbulas. La extraña criatura emitió un siseo largo y amenazador, y una pequeña llama de fuego caracoleó entre sus fauces y chamuscó el pelaje del monstruo de baba. Entonces me di cuenta de que debía de tratarse de una especie de dragón marino. El monstruo se lanzó hacia él y le agarró el morro con fuerza, obligándole a echar la cabeza hacia atrás. Pero el dragón sacó su escamosa cola de debajo del agua y la enroscó en el peludo cuello de la bestia, apretándolo hasta que el monstruo de baba empezó a jadear con fuerza sin poder respirar.

Con un esfuerzo titánico, el monstruo de baba tiró de la cola escamosa hasta que consiguió quitársela de encima. Entonces inhaló con fuerza y, rápidamente, lanzó un puñetazo directo a la mandíbula del dragón.

—¡Aaaaauuu! —exclamó el reptil.

El dragón escupió un diente roto y, ¡mecachis!, el diente fue a caer al agua. Me hubiera encantado poder añadirlo a mi colección.

Fascinado, contemplé a los dos poderosos contrincantes caer al agua provocando un fuerte chapoteo, enzarzados en la lucha y rugiendo con fuerza. Al principio parecía que el monstruo de baba, con sus puñetazos y sus patadas, ganaba la pelea. Pero después el dragón lanzó una llamarada de fuego que obligó al monstruo a retroceder para mojarse el pelaje chamuscado.

Entonces el monstruo de baba volvió a la carga: saltó hacia su enemigo y lo agarró por la garganta con sus dos enormes zarpas. El dragón marino abrió las fauces, sin poder respirar, y soltó una nubecilla de humo negro.

De inmediato, y emitiendo un poderosísimo rugido, retorció su cuello largo y musculoso y consiguió soltarse de las garras del monstruo.

El dragón marino dio unos pasos hacia atrás y gruñó arqueando el cuello y abriendo sus largas fauces. Una llamarada de fuego quemó el aire. El monstruo de baba se apartó, sin dejar de bramar, levantando los brazos para protegerse del fuego. Los dos contrincantes se quedaron un momento quietos, mirándose el uno al otro, balanceándose y buscando el momento apropiado para atacar. De repente, como si se hubieran puesto de acuerdo, y soltando un montón de bramidos y rugidos, las dos bestias empezaron a retroceder hasta que, por fin, el dragón sumergió la cabeza en el agua y se alejó sin levantar ni una pequeña ola en la superficie del pantano. El monstruo de baba se quedó en pie en medio del cenagal, con la cabeza gacha y respirando agitadamente, agotado; poco a poco, se alejó. Y yo me quedé solo en medio del silencio de la ciénaga.

Hora de dormir zzzz

Esperé durante un largo rato escondido entre las raíces del mangle. Finalmente pensé que ya podía salir y descendí por la orilla hasta el agua. Todavía temblaba por el espectacular combate que esos dos míticos monstruos acababan de llevar a cabo ante mis ojos. Miré hacia la ciénaga: el agua estaba quieta y lisa como la superficie de una mesa y solamente de vez en cuando una burbuja estallaba en su superficie. Los monstruos se habían ido y, puesto que el gran sol anaranjado había empezado a ponerse en el horizonte, decidí que había llegado el momento de buscar algún lugar seguro donde pasar la noche.

Regresé al bosquecillo de mangles y empecé a buscar un lugar que fuera adecuado para dormir. No quería quedarme entre las ramas por miedo a que el viejo baboso volviera a aparecer, y tampoco quería tumbarme en el suelo: ¡Uf! ¡Quién sabía lo que podía arrastrarse hasta mí en medio de la noche! Y entonces encontré el lugar perfecto.

Todos los mangles parecían estar de puntillas sobre el suelo porque sus raíces se enredaban en el aire. ¡Era como si el árbol llevara puestos unos zancos! Algunas de las raíces se juntaban formando una especie de cabaña natural, así que elegí uno de los árboles más grandes, aparté un poco las raíces para pasar y me metí dentro, así:

el mangle

me metí dentro de las raíces

¡Fantástico! El interior de las raíces era un espacio seco y bastante caliente, era como estar dentro de una cabaña. Las raíces estaban tan enredadas entre ellas que desde fuera nadie podía verme. Era una madriguera perfecta.

Extendí mi viejo y gastado abrigo en el suelo a modo de colchón y puse la mochila de almohada. Luego saqué de dentro los objetos que abultaban más y la llené de hojas del suelo para hacer que fuera lo más blanda posible.

Me gustaría poder lavarme: ¡todavía estoy lleno de la desagradable saliva del monstruo de baba! Pero aunque en este pantano no hubiera ningún monstruo, no me gustaría lavarme en estas aguas espesas y llenas de algas porque saldría más sucio que antes. No importa: ¡por lo menos el monstruo me ha quitado de encima casi toda la suciedad del Mundo

Subterráneo!
Solo tengo que secarme un poco con una de las hojas gigantes de los helechos que crecen al pie de los árboles.

Ahora, rodeado de insectos que zumban a mi alrededor bajo la tenue luz del atardecer, ya he terminado de escribir mi diario. Mañana empezaré el viaje hacia la fábrica de Jakeman para que él me diga cómo puedo

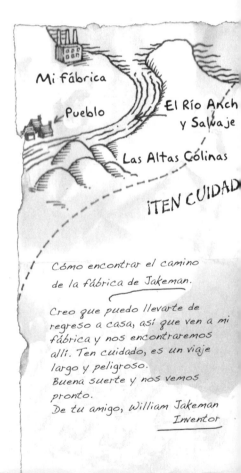

Mi Fábrica

← Pueblo

El Río Anch y Salvaje

Las Altas Colinas

¡TEN CUIDAD

Cómo encontrar el camino de la fábrica de Jakeman.

Creo que puedo llevarte de regreso a casa, así que ven a mi fábrica y nos encontraremos allí. Ten cuidado, es un viaje largo y peligroso.
Buena suerte y nos vemos pronto.
De tu amigo, William Jakeman
Inventor

regresar a casa. Pero no va a ser fácil: ¡la única pista que tengo es un mapa que él me dio donde pone «Región desconocida y probablemente muy peligrosa»! ¡Vaya una ayuda! ¡Bueno, estoy seguro de que mañana lo veré todo mucho mejor!

REGIÓN DESCONOCIDA, PROBABLEMENTE MUY PELIGROSA

¡TEN CUIDADO!

Bosque

Altiplano

Montañas

Desierto

Tuberías al Mundo Subterráneo

¡TEN CUIDADO!

N

Es hora de hacer rafting otra vez

Me desperté muy temprano al oír el coro de gorjeos, trinos y chillidos de los pájaros al amanecer. Tardé unos cuantos minutos en saber dónde estaba. Me había acostumbrado tanto a la tranquila y suave luz azulada del Mundo Subterráneo que esos cantos agudos de los pájaros y los brillantes rayos del sol que cruzaban la penumbra de mi madriguera me parecieron extraños y muy fuertes.

Recogí todas mis cosas, me abrí paso entre las raíces del árbol y bajé hasta la orilla del pantano. El agua tenía un apagado color verde esmeralda a la luz de primera hora de la mañana y olía a plantas podridas y rancios huevos pasados por agua. Tenía que atravesar ese pantano apestoso de alguna manera. Pero ¿cómo?

A varios cientos de metros de distancia había otra isla, y luego otra y otra hasta que se perdían de vista. Aunque no me gustaba mucho la idea, tenía que cruzar a pie esa asquerosa ciénaga de una isla a otra hasta que llegara al otro extremo de la marisma.

Así que cogí una rama rota y la hundí en el agua para comprobar la profundidad. La rama se hundía y se hundía y se hundía, así que me di cuenta de que era demasiado profunda para cruzarla a pie. Y no solamente eso, sino que era un agua demasiado densa para nadar: ¡me hubiera engullido antes de llegar a medio camino hacia la primera isla! ¿Qué iba a hacer?

No había más que una posibilidad: puesto que no quería quedarme allí atrapado para siempre, tendría que construir una especie de barca. Otra balsa, como aquella con la que empecé mis aventuras hace cuatrocientos años. ¡Genial!

Exploré mi pequeña isla en busca del material necesario, pero sin apartar los ojos del pantano por si el monstruo de baba o el dragón marino decidían regresar. Haber visto a esas dos bestias luchar de esa manera había sido impresionante. ¡Impresionante y terrible! No quería volver a encontrarme con ninguno de los dos. Pero, por suerte, ahora parecía que el pantano estaba tranquilo y en calma.

Encontré un montón de material para construir mi balsa porque, cuando ese viejo baboso arrancó todos esos árboles para encontrarme, rompió muchas ramas de distintos tamaños. Las examiné todas, elegí las que parecían más macizas y gruesas y las coloqué una al lado de la otra. Luego, con dos ramas a modo de travesaños para darle más resistencia, las até todas juntas con unos fuertes tallos que crecían en los mangles. Muy pronto terminé de construir una balsa perfecta, tal como papá me había enseñado a hacerlo:

Mi balsa

tallos largos y fuertes

las ramas que el monstruo de baba rompió

La Charlie Small se hace a la mar

Arrastré mi balsa hasta la orilla y la empujé al agua. ¿Y sabéis qué? ¡Flotaba! *¡Yupii!* Claro, iba un poco torcida, pero no cabía duda de que flotaba. Luego rocié la proa con un poco de agua y, ceremoniosamente, la bauticé: *Charlie Small.* ¡Seguramente es la única oportunidad que tengo de que una barca lleve mi nombre! Después até la balsa a uno de los árboles con una cuerda que llevaba en mi equipo de explorador y fui a buscar un remo y a ver si encontraba un poco de comida para llevarme de viaje. Tenía hambre otra vez, pero no me atrevía a comer los restos del rancio bocadillo de marmita de Ma. Quizá en esa isla hubiera algún tipo de fruta. En ese momento, una jugosa manzana sería un festín. Pero no tuve tanta suerte: sí, había muchos tipos de fruta, pero no conocía ninguno de ellos. Vi unos racimos de bayas de un brillante color rojo y unas hojas azul oscuro; unos frutos de un feo color verde del tamaño de las uvas y como unas ciruelas de color púrpura que tenían unos pinchos largos y afilados. ¡El problema era que no sabía si eran venenosos!

Justo en ese momento, un animalito salió de entre las plantas y miró a su alrededor con gesto nervioso. Yo retuve el aliento y me quedé inmóvil. El animalito salió disparado por un trecho de hierba en dirección a unos arbustos. Se parecía un poco a una ardilla y un poco a un castor, pero era mucho, mucho más pequeño: ¡no era mucho más grande que un gorrión! Tenía unas patas palmeadas de color naranja para nadar, como un pato, unos grandes dientes que sobresalían para morder con fuerza y una cola larga y rayada, como la de un mono, para trepar. Qué animal tan raro… Evidentemente, era una especie nueva que tenía que registrar en mi diario. Decidí llamarlo «gordilla». ¡Aquí tenéis un esbozo rápido!

¡Oh, bellotas!

Esta es la pequeña gordilla que vi

El animalito correteó con paso nervioso por el suelo, arrancó algo parecido a unas bellotas de unas ramas y empezó a mordisquearlas. Bueno, si a la gordilla le gustaban, quizá también me gustarían a mí, pensé. Cuando la gordilla terminó de comer y desapareció otra vez, yo me llené el bolsillo de bellotas. Creo que primero probaré a comerme una y, si no me pongo malo, comeré unas cuantas más. ¡Es mejor ser precavido!

Cuando hube encontrado una rama fuerte para que hiciera de remo, regresé a la orilla, desaté la balsa y subí a bordo. Coloqué la mochila en el centro para evitar que rodase y cayera al agua, y luego me arrodillé y empujé la balsa. Con el movimiento, la balsa se ladeó peligrosamente y una ola de agua me mojó las rodillas, pero pronto me alejé de la orilla, flotando. Entonces hundí el remo en esa agua viscosa y empujé con fuerza hacia atrás. La balsa avanzó lentamente por la ciénaga. El agua del pantano era tan espesa que me resultaba difícil empujar la balsa: ¡era como remar en un mar de papilla! No iba a ser un trabajo fácil…

Atascado en la ciénaga

Esa marisma era como un puzle de islas. Algunas de ellas estaban separadas solamente por un estrecho canal, mientras que otras se erguían solas en medio de una expansión de agua salobre. Remé hasta que el sol estuvo alto en el cielo y los brazos empezaron a dolerme por el esfuerzo. ¡Comparado con el río de mi casa, esto era un trabajo muy duro! El agua era densa y fangosa, y cada vez que levantaba el remo lo sacaba completamente empastado de lodo.

Empezaba a tener calor bajo ese sol de mediodía, así que decidí detenerme para descansar y comer un poco. Di un trago del agua que llevaba en la mochila: estaba caliente, pero sabía bien. No sé qué habría hecho si no hubiera tenido ese elemento vital en mi equipo de explorador. Después probé las bellotas y decidí que no corría ningún peligro si me las comía, así que me llené la boca. Tenían un sabor parecido al del pan quemado, pero no me importó. ¡Comparadas con la comida que había tenido que tragar con mis pobres amigos del Mundo Subterráneo, eran deliciosas!

El aire era húmedo y caliente, y unos insectos extraños zumbaban a mi alrededor. Chocaban contra mi cara y me pasaban por delante de los ojos, así que tenía que estar apartándolos todo el tiempo. Pronto me harté de esos pequeños bichos y decidí ponerme en marcha de nuevo. Pero cuando sumergí el remo en el agua y empecé a remar... no pasó nada. El agua estaba tan llena de algas que me había

Esta ala se le rompió a uno de los insectos molestos

quedado encallado. ¡No me podía mover ni hacia delante ni hacia atrás! ¡Oh, verdaderamente fantástico! ¿Qué iba a hacer ahora?

¡El ataque de los sapos! (¡uy!)

Cuando saqué el remo del agua me di cuenta de que el espeso lodo estaba lleno de una especie de burbujas del tamaño de bolas de pimpón, como si fueran unas huevas monstruosas. Limpié el remo en el borde de la balsa y tiré todo ese lodo al pantano de una patada. *¡Puaj!* Era asqueroso. Mientras estaba allí arrodillado pensando en qué iba a hacer a partir de ese momento, oí un ruido parecido al croar de una rana.

Entonces vi que la superficie del pantano se agitaba y que una cabeza emergía de él: era la cabeza de un sapo, pero ¡era un sapo tan grande y tan feo que di un salto del susto! Tenía el mismo tamaño que un plato de mesa, su enorme boca dibujaba una expresión de enojo, y los ojos eran enormes y abultados. Enseguida apareció otra cabeza, y otra, y pronto estuve rodeado por esas bestezuelas. Los bichos empezaron a nadar por el lodo hacia mi lancha y todo el tiempo abrían y cerraban la boca frenéticamente. *¡Chac! ¡Chac! ¡Chac!* Cuando el primer sapo, sin dejar de abrir

boca afilada como una hoja de afeitar

caparazón duro

mandíbulas muy fuertes para poder morder

agua del pantano

y cerrar la boca, llegó a la balsa, arrancó un trozo de rama de un mordisco con la misma facilidad con que hubiera mordido una pastilla de chocolate.

De repente, todos empezaron a dar mordiscos a mi balsa. *¡Chac! ¡Ñam! ¡Crac!* ¡Socorro! La barca se hacía más pequeña cada vez. Lancé un golpe con el remo hacia uno de esos anfibios tragones, pero cuando el remo dibujaba un arco en el aire, el sapo levantó la cabeza y lo atrapó entre sus mandíbulas. Tiré del remo desesperadamente, pero ese bicho lo agarraba con ferocidad. Y, entonces, el sapo giró la cabeza y rompió el remo e, inmediatamente, partió de un mordisco el trozo que tenía en la boca. Me di cuenta de que si no tenía el remo, me encontraba en un verdadero aprieto.

Esos horribles sapos ya estaban trepando a la balsa y avanzaban hacia mí sin dejar de abrir y cerrar la boca. *¡Uy!* Muy pronto los tendría encima, ¡y estaba seguro de que empezarían a morderme los dedos de los pies y de que se me comerían de pies a cabeza! ¡Tenía que saltar de la balsa, y deprisa!

Mientras los observaba avanzar hacia mí, vi que tenían la espalda cubierta por un caparazón, como el de las tortugas, que tenía unos dibujos de color marrón y naranja. Parecían adoquines... ¡y eso me dio una idea!

Todo el pantano estaba lleno de esos sapos mascadores, y llegaban hasta la empinada orilla de una pequeña isla. Así que en cuanto el primero de ellos dio un mordisco a la punta de mis zapatillas de deporte, cogí la mochila y salté de la lancha lanzándome a toda velocidad por el pantano saltando de sapo en sapo como si fueran adoquines en el suelo. *¡Yuuu-piii!* Aunque uno de los sapos me mordisqueó la punta del pie y otro me deshizo el lazo de la zapatilla, lo conseguí. Salté a la orilla con el corazón acelerado y trepé por la empinada cuesta llena de matojos.

¡Usé a los sapos como si fueran adoquines!

¡Yuuu-piii!

Miré hacia atrás y… me horroricé al ver que la superficie del pantano hervía de sapos que estaban haciendo añicos mi pobre balsa. Parecían un banco de pirañas con cuatro patas, y me di cuenta de que había escapado justo a tiempo. ¡Si hubiera tardado unos segundos más, solamente me habrían dejado el esqueleto!

Clasificación como depredador

18

EL SAPO MASCADOR

El sapo mascador es un bicho feroz del que hay que huir a toda costa. Caza en manada y ataca sin previo aviso a cualquier cosa de cualquier tamaño. Gracias a sus mandíbulas superfuertes y a su boca afilada como una hoja de afeitar, es capaz de cortar el acero. ¡Las posibilidades de escapar son escasas!

Si te atacan, corre sin pensarlo, pero ¡vigila dónde pones los pies!

COLECCIÓN DE CROMOS DE ANIMALES SALVAJES

¡Construyendo puentes!

Corrí hacia unos árboles que crecían cerca de la orilla. Eran unos árboles altos y delgados con una pequeña copa redonda llena de hojas que los hacía parecer piruletas. Gracias a mi habilidad de pirata para trepar por los mástiles, trepé rápidamente hasta la copa y aparté las hojas a un lado para echar un vistazo al paisaje. ¡Rayos y centellas! El pantano era interminable: por todas direcciones se veían unas pequeñas islas verdes y, entre ellas, no había más que el inacabable fango de esa ciénaga infernal.

–¡Sacadme de aquí! –grité a voz en cuello y, al momento, el aire se llenó con mil gritos de animalillos: los pájaros piaron, chillaron y graznaron; los sapos con cascarón croaron, unos monos invisibles parlotearon y gritaron, y... ¡también se oyó un rugido procedente de algún lugar!

¡Uy! Tenía que aprender a no levantar la voz…
¡Seguramente no sea una buena idea delatar la
presencia de uno estando rodeado de monstruos
míticos! Quién sabe qué puede estar acechando en
cualquier esquina.

La siguiente isla se encontraba a unos diez
metros de distancia. Era mucho más grande que las
otras que había encontrado y su extensión de tierra
se perdía a la vista. Pensé que si conseguía llegar
hasta ella, quizá pudiera encontrar los materiales
necesarios para construir una balsa más grande,
o quizá tropezara con otra forma de salir de esa
marisma.

Pero la distancia que separaba las dos islas
era demasiado grande para saltar, y no estaba
dispuesto a probarlo ni a tener que nadar, por si
acaso las ranas mascadoras venían a por mí otra
vez. Y se me ocurrió una idea. Sí había una manera
de cruzar: ¡solamente tenía que encontrar algo en
mi equipo de explorador que fuera fuerte y afilado
para poder cortar el árbol al que me había subido!

Me deslicé tronco abajo y abrí mi mochila. Se
volvían a oír unos rugidos en la distancia. ¿Se
trataba del monstruo de baba? ¿Todavía me andaba
buscando? Rebusqué rápidamente dentro de la
mochila… tenía que haber algo que me sirviera.
¡Ajá! Encontré justo lo que necesitaba:

(Ver mi diario El Mundo Subterráneo)

el enorme diente serrado del Megatiburón que me había llevado del Mundo Subterráneo.

Cogí un palo largo del suelo y, con mi cuchillo de cazador, hice un corte a lo largo de uno de los extremos. Luego inserté el enorme diente en el corte y lo até con un poco de cuerda de mi equipo de explorador, justo así:

palo

cuerda

Mi sierra de diente de tiburón

← Muy afilado

¡Genial! Eso tenía que funcionar: una sierra del diente de tiburón. Empecé a deslizar el diente hacia delante y hacia atrás sobre la corteza de un tronco y la sierra la cortó en un santiamén.

Y de repente, con un crujido terrible, el árbol empezó a precipitarse hacia el suelo.

–¡Árbol va! –grité, y oí otra vez el lejano rugido de esa bestia desconocida.

«¡Cállate, estúpido –me dije a mí mismo–, si no quieres acabar siendo el aperitivo de algún terrible monstruo de la marisma!»

El árbol cayó al suelo y corrí hasta la orilla. ¡Fantástico, había funcionado! La copa del árbol había aterrizado encima de los carrizos que había en la orilla de la isla grande. Ahora tenía un puente para cruzar. Cogí la mochila y corrí por el estrecho tronco del árbol.

¿Me miras a mí?

En esta isla la vegetación era más densa. Los juncos eran altos y fuertes, más altos que yo, y tuve que utilizar mi cuchillo de cazador a modo de machete para abrirme paso entre el follaje. Al cabo de poco tiempo empecé a oír ruido de animales a mi alrededor.

Daba mucho miedo oír esos chillidos y gruñidos, siseos y ladridos, sin poder ver a los animales que los emitían. ¿Dónde estaban? ¿Serían peligrosos? ¿Iba, alguno de ellos, a lanzarse sobre mí de improviso? Sudando por el miedo y por el esfuerzo, continué avanzando cortando la maleza a mayor velocidad.

Pero no pasó nada: ningún animal se lanzó sobre mí ni apareció avanzando en mi dirección. Al final salí de entre los altos juncos a una zona despejada y, suspirando de alivio, me tumbé a descansar sobre la hierba.

Fue en ese momento cuando vi que un protuberante ojo me observaba entre las hojas de una juncia. Me miraba fijamente y sin pestañear. Temiendo el ataque de otro monstruo, me oculté rápidamente detrás de una aulaga.

Aparté con cuidado las espinosas hojas de la aulaga y miré al ojo, esperando a que el animal hiciera algo. Ese ojo parecía tener la mirada perdida. Era como una enorme pelota que brillaba al reflejar la luz del sol. Tenía una pequeña pupila negra que no se movía en absoluto, y un párpado inmóvil. «Qué extraño –pensé–. Es como el ojo de una estatua.»

Lancé una piedra que cayó al suelo antes de darle, pero el ojo no se movió. Tiré otra piedra, esta vez junto a las hojas de la juncia, pero el ojo continuaba sin moverse. Entonces reuní todo mi valor y lancé otro proyectil justo al lugar donde se encontraba ese animal.

¡*Clang!* La piedra rebotó en algo que había detrás de la juncia y emitió un sonido metálico. ¡Tenía que tratarse de una especie de estatua! Salí despacio de mi escondite y avancé con cuidado por el claro moviendo los brazos de un lado a otro y caminando en zigzag. Pues sí, el ojo continuaba inmóvil: no me miraba en absoluto, ¡solo miraba al espacio!

Decidido, caminé directamente hacia las juncias, preparado para largarme corriendo a la primera señal de peligro. Pero no hubo ninguna, así que aparté las hojas de las juncias ¡y me encontré con la cosa más extraña y agradable del mundo!

El sensacional saltapantanos mecánico

Era un pájaro metálico alto, delgado y plateado, un poco parecido a una cigüeña o a una garza, e inmediatamente supe que tenía que ser uno de los maravillosos animales mecánicos de Jakeman (o mecanimales, como a él le gusta llamarlos).

El pájaro tenía un pico largo y afilado de aspecto peligroso, con una fea púa en la parte inferior. De la frente le sobresalía un curvado cuerno de acero, sus ojos tenían la mirada perdida y el largo cuello estaba construido con piezas unidas por bisagras para que se pudiera mover y girar. Tenía unas riendas de piel que se sujetaban a ambos lados del pico, y en la grupa había una enorme silla de montar con estribos, además de un gran cuadro de mandos que contaba con un montón de botones y palancas. Se mantenía en pie sobre dos largas y delgadas patas que acababan en unas garras de dedos muy abiertos.

¡Era fantástico! ¡Estaba impaciente por probar a montar! Si era de Jakeman, seguro que me sería de ayuda de alguna forma… ¡a pesar de que su último invento, el topo, había sido un poco decepcionante! Bueno, a ver, ¿cómo funcionaba ese pájaro loco?

Eché un vistazo y vi unos papelitos pegados debajo de una de las cortas alas de metal. Se trataba de un pequeño manual de instrucciones titulado:

¡SENSACIONAL SALTAPANTANOS MECÁNICO DE JAKEMAN, ÚNICO Y SIN PARANGÓN!

Detrás de la cubierta encontré el siguiente esquema que explica para qué son las diferentes partes del pájaro:

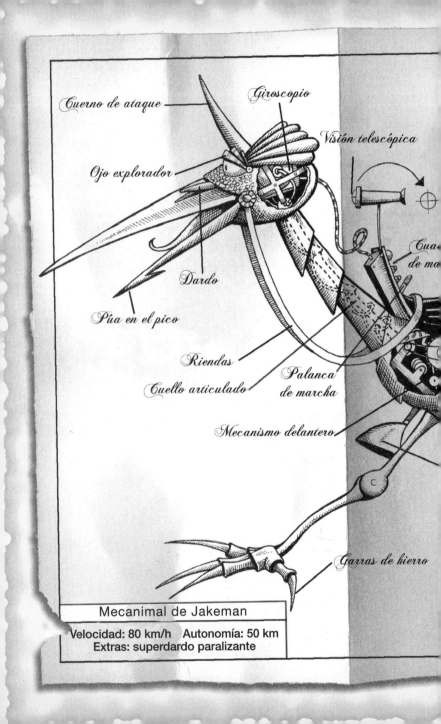

Cuerno de ataque

Giroscopio

Visión telescópica

Ojo explorador

Cua...
de ma...

Dardo

Púa en el pico

Riendas

Palanca
de marcha

Cuello articulado

Mecanismo delantero

Garras de hierro

Mecanimal de Jakeman

Velocidad: 80 km/h   Autonomía: 50 km
Extras: superdardo paralizante

Sensacional saltapantanos mecánico de Jakeman

Único y sin parangón

Silla de montar

Llave de cuerda

Cuerpo de pulido acero inoxidable

Mecanismo posterior

Patas de titanio

Estribo

Los dedos muy grandes y abiertos permiten distribuir el peso al caminar por la ciénaga

Patente No: 743681

Probando el saltapantanos

Al leer el manual me di cuenta de que ese pájaro era exactamente lo que yo necesitaba. Según ese librito, el saltapantanos había sido diseñado para cruzar un pantano con sus largas patas. Sus garras funcionaban como raquetas de nieve, porque distribuían el peso de la máquina sobre una superficie ancha para que pudiera caminar por encima de la densa superficie de la ciénaga. ¡Era genial!

Puse un pie en uno de los estribos y subí a la silla de montar. Cogí las riendas, apreté un botón, subí una palanca y esperé a que el saltapantanos se pusiera en marcha. Pero ¡nada! «¡Oh, Jakeman, cabeza de chorlito! ¡No me digas que esto no funciona!» Volví a leer el manual y me sonrojé: justo al principio decía, con letras grandes y gruesas:

¡ATENCIÓN, ESTA MÁQUINA NO FUNCIONA SI PRIMERO NO SE LE DA CUERDA, CABEZA DE CHORLITO!

¡Claro, era un pájaro de cuerda! Miré el esquema y vi que la cola era, en realidad, una gran llave. Salté al suelo, la cogí con las dos manos y empecé a hacerla girar. ¡Uau! Solamente había dado una vuelta a la llave cuando el mecanimal dio un salto hacia delante y se lanzó a la carrera por la isla, hacieno zigzags como un jugador de rugby desgarbado y larguirucho: ¡me había dejado levantada la palanca de marcha! ¡Ahora tendría que esperar a que se le acabara la cuerda! Por suerte, no le había dado muchas vueltas y el atolondrado pájaro pronto empezó a bajar de velocidad y terminó por detenerse de pie sobre una única pata.

Volví a empezar: puse la palanca en posición de stop y di todas las vueltas que pude a la llave de la cola. Luego volví a montar la magnífica máquina, levanté la palanca y, de inmediato, el pájaro empezó a dar unos pasos titubeantes. *¡Uau!* No se viajaba con gran estabilidad sobre esas patas de palillo, porque cada vez que daba un paso, el pájaro se balanceaba bruscamente ¡y estuvo a punto de tirarme de la silla!

Pero pronto me acostumbré y, después de practicar con él corriendo arriba y abajo por la isla, me convertí en un buen jinete de saltapantanos. Cuando tiraba de las riendas, el pájaro giraba a la izquierda o a la derecha; cuando levantaba un poco más la palanca de conducción, el pájaro aceleraba la marcha; y cuando tiraba con fuerza de las riendas hacia atrás, el mecanimal reducía la velocidad.

¡El único problema era que resultaba evidente que Jakeman no le había puesto a ese pájaro un

¡Zuuuum!

¡Vaya pájaro loco!

ordenador demasiado
potente como cerebro! Una hoja
pasó por su lado llevada por el aire
y el saltapantanos cambió de dirección
súbitamente y se lanzó en su persecución. Y luego
empezó a soltar unos agudos chillidos metálicos
mientras picoteaba la hoja con tanta furia que casi
me hizo saltar por encima de su cabeza.
¡Vaya pájaro loco!

Pero pronto estuve preparado para
empezar otra vez. Me aseguré de que le
había dado cuerda por completo y le di la
vuelta al saltapantanos para ponerlo frente al
pantano de aguas verdosas y agrisadas. Entonces
levanté la palanca de marcha por completo. El
mecanimal se lanzó hacia delante y corrió a toda
pastilla hacia el agua.

¡yuu-pii! ¡Allá voy!

Saltando por el pantano

Cuando el saltapantanos saltó al agua,
cerré los ojos y aguanté la respiración.
Estaba convencido de que se
hundiría como una piedra y

40

de que yo acabaría revolcado en ese pantano infestado de monstruos. Pero ¡no fue así!

El pájaro correteaba por la superficie del pantano con un fuerte chapoteo, pisoteando las algas del lodo.

«¡*Yuu-piii!*», grité. Eso estaba mejor. Dirigí al pájaro en dirección a una isla que vi a lo lejos. Por supuesto no era tan fácil, porque esa garza

cabezahueca cambiaba de dirección a cada momento. ¡Pasamos media hora persiguiendo una pluma y un largo rato persiguiendo a un pájaro que volaba en círculos intentando atrapar a un pez de colores volador!

Pero al final conseguí tener a esa máquina más o menos bajo control. Llegamos a la isla, la atravesamos a la carrera y saltamos por el otro extremo sin detenernos ni un momento. Ahora sí que estaba conduciendo de verdad.

La ciénaga estaba llena de bichos: animales que nunca había visto y de los que nunca había oído hablar que sacaban sus cabezas extrañas y maravillosas del fango para vernos pasar. Lagartijas de cuello largo y mirada lúgubre, gruñones cangrejos de pinzas de hacha e impresionantes cocodrilos de fauces abiertas chillaban, escupían y mordían a nuestro paso por el viscoso fango. Creo que incluso vi un diplodocus... pero eso no es posible, ¿verdad?

De vez en cuando, cuando llegábamos a una isla, detenía al saltapantanos y le volvía a dar cuerda al motor. Finalmente, después de horas de correr, empecé a

¿Fue un diplodocus lo que vi?

ver una oscura línea de tierra en el horizonte. Estábamos llegando al final de la marisma. ¡Bien! Aquel no era un lugar saludable y estaba impaciente por llegar a tierra firme.

El sol ya estaba muy bajo en el cielo y pronto tendría que encontrar un sitio para dormir. Las islas eran cada vez más numerosas y los canales de agua que las separaban eran cada vez más estrechos. La ciénaga se convirtió pronto en una zona de barro y nos encontramos en tierra firme otra vez.

Un jardín de bonitas flores... ¡No!

El paisaje, embarrado, estaba lleno de mangles y a su alrededor crecían plantas asombrosas: unas florecillas blancas cubrían todo el suelo y brillaban como pequeños diamantes bajo la luz del sol poniente; unos helechos con hojas grandes como paraguas se apretujaban al pie de los árboles y unas plantas gigantes se levantaban por encima de mi cabeza con unas corolas de pétalos brillantes que colgaban de unos tallos largos y de un color verde oscuro.

El olor era embriagador, y todo parecía estar tan tranquilo que pensé que era el lugar perfecto para pasar la noche. Las flores gigantes se curvaban formando arcos que ofrecían un refugio natural, así que me hice la cama debajo de ellas. Pero eso fue un gran error...

¡Ay! ¿Qué había sido eso? En cuanto me tumbé en el suelo, noté que algo me agarraba con fuerza del tobillo. ¡Uy! Uno de los peludos zarcillos de las plantas se había arrastrado por el suelo y se estaba enroscando alrededor de mi pierna. ¡Socorro! El zarcillo empezó a arrastrarme, y luego la planta bajó su corola y abrió sus carnosos pétalos. Entonces vi que, dentro de la corola, un montón de huesos podridos flotaban en medio de un charco de espumosa savia. ¡Oh, no, había acampado en un lecho de plantas carnívoras!

¡Oh, no! ¡Una feroz planta se me está comiendo!

Tenía que reaccionar deprisa. Necesitaba
mi cuchillo, así que alargué la mano
desesperadamente hacia mi mochila, pero
quedaba fuera de mi alcance. ¿Qué iba a hacer
ahora? Justo cuando mis
pies empezaban a
desaparecer dentro
de la corola de la
planta, mi mano
tropezó con una
piedra. La cogí
y la lancé contra
el saltapantanos.
¡Clang! Qué buen
tiro: había dado a la palanca y la había empujado
hacia arriba, así que el pájaro se puso en
movimiento.

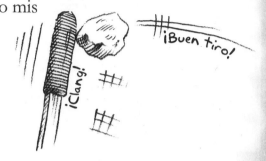

El saltapantanos empezó a corretear en
círculos emitiendo un graznido metálico y, atraído
por el movimiento de la planta carnívora, se
dirigió en línea recta hacia nosotros. Y entonces,
chip-chop, el saltapantanos empezó a picotear
frenéticamente el grueso tallo de la planta. Esta
se retorció y se enroscó, levantando el zarzillo del
suelo y a él conmigo. ¡Quedé colgando
de él como una bandera mecida por un huracán!
El saltapantanos continuó dando fuertes picotazos
al tallo hasta que, finalmente, lo rompió y la
corola cayó al suelo.

–¡Uf, ha ido por los pelos! –grité. Loco de pánico, recogí mis cosas y salté a la grupa del saltapantanos. Luego di un fuerte tirón a las riendas y alejé a mi salvador mecánico de allí.

Empezaba a oscurecer y recordé una cosa que había leído en el manual de instrucciones, así que apreté un interruptor y los ojos del pájaro lanzaron dos poderosos rayos de luz. ¡Genial! Ahora sí podíamos aumentar la velocidad. No detuve al saltapantanos hasta que hubimos dejado muy, muy lejos a las mortíferas plantas carnívoras.

Al cabo de poco tiempo el terreno se hizo más seco. Unos robles altos y de hojas anchas reemplazaron a los mangles y me encontré en medio de un tranquilo bosque.

Ahora mismo acabo de anotar esta última huida aprovechando la luz del saltapantanos y me dispongo a trepar a una de las ramas más altas de un roble para echar un sueño.

Llamada a casa (¿me oyes, mamá?)

Al día siguiente me desperté al amanecer y pronto estuve trotando por el bosque sobre mi colega metálico. Hacía un día precioso y los pájaros cantaban a mi alrededor; era casi como estar en casa, como si estuviera dando un paseo por el bosque con mamá y papá, y eso me hizo llamar a mamá otra vez.

Cada vez que llamo, estamos en el día en que partí para ir a correr mis aventuras de explorador... ¡a pesar de que hace cuatrocientos años que me fui! Y mamá cada vez dice lo mismo: «¡No llegues tarde para el té, y recuerda ir a buscar una botella de leche de camino a casa!».

Pero ¡la última vez que llamé, mamá empezó a decir que había llegado tarde para el té y que un desconocido con un largo abrigo negro estaba llamando a la puerta! Yo me asusté, parecía que hablara de mi archienemigo Joseph Craik, y le dije que no abriera la puerta. Pero mamá ya había colgado el teléfono.

Me alegro mucho, cariño...

Marqué el número.

—Ah, hola cariño, ¿va todo bien? —preguntó mamá.

—Bueno, aparte de que un monstruo de baba me ha atacado y de que unas plantas carnívoras han estado a punto de comerme, todo va bien —dije—. Pero, mamá, ¿quién había en la puerta…?

–Me alegro mucho, cariño –continuó mamá sin contestar a mi pregunta–. Oh, espera un minuto, Charlie. Tu padre acaba de llegar. Y recuerda, no llegues tarde para el té…

–Mamá, ¿me oyes? –grité, pero ya había colgado. ¡Diantre! Pero bueno, parecía que todo volvía a ser normal; por lo menos Joseph Craik no había contestado el teléfono de mi casa, así que podía dejar de preocuparme tanto.

Levanté la palanca de marcha y nos lanzamos a toda velocidad por el denso bosque. Unos cálidos rayos de luz se filtraban a través de las copas de los árboles y las garras del mecanimal pisaban con suavidad el suelo cubierto de musgo levantando nubes de hojas a cada paso.

Los rebuscadores de trufas

Viajamos durante horas, y el bosque no se terminaba nunca. Empecé a darme cuenta de que el terreno estaba arañado y agujereado: unos surcos poco profundos cruzaban el suelo en todas direcciones, como si un minibulldozer hubiera pasado por allí. «Qué raro –pensé–. ¿Qué es lo que ha removido la tierra de esta manera?»

El suelo estaba lleno de surcos poco profundos

Llegamos a un claro, y de repente oí unos gruñidos y vi que algo se movía detrás de los árboles. Detuve al saltapantanos, desmonté y me oculté detrás de un arbusto para vigilar.

Vi un grupo de animalillos de grupa erizada y anaranjada que hurgaban en un lecho de hierbas altas mientras gruñían, rezongaban y chillaban. Los animales salieron a una zona despejada donde el barro se había secado y entonces vi qué eran: ¡cerdos camperos! Eran unos enormes cochinos de panza prominente, con un hocico largo y unos grandes colmillos amarillos que se curvaban hacia arriba.

Hincaban el hocico en el suelo y avanzaban levantando la tierra y dibujando unos largos surcos en el suelo hasta que encontraban alguna raíz sabrosa o una suculenta trufa del bosque. Entonces, lanzando unos fuertes chillidos y berridos, devoraban su premio y continuaban su búsqueda. Se parecían un poco a los comedores de trufas que había encontrado en la Ciudad de los Gorilas, ¡así que decidí llamar a esos bichos porcinos «rebuscadores de trufas»!

En ese momento noté algo que me tocaba la pierna y, al bajar la mirada, vi que un pequeño cochinillo me miraba con expresión curiosa. Apretó el hocico húmedo en mi mano y gruñó. «Oh, qué simpático», pensé mientras le

Un pequeño rebuscador de trufas me miraba

acariciaba la grupa rayada. El pequeño rebuscador cerró los ojos con satisfaccción y se apretó más contra mí.

—Hola, amiguito —le dije en tono cariñoso, acariciándolo debajo de la barbilla—. ¿Qué es lo que quieres? ¿Caricias?

Levanté al cochinillo del suelo, pero en cuanto lo tuve entre los brazos, ese pequeño protestón empezó a chillar con la voz más aguda y penetrante que yo hubiera oído nunca. ¡Parecía una cafetera a punto de explotar!

Mamá rebuscadora

–¡Shh! –susurré–. No hace falta que chilles.

Ya estaba a punto de dejar a ese quejica en
el suelo otra vez cuando… ¡CRASH!, mamá
rebuscadora apareció dando tumbos entre los
matorrales. El pequeño, al ver a su mamá, soltó
un chillido todavía más agudo y angustiado, y la
mamá cargó contra mí gruñendo con ferocidad.
¡Socorro!

Me aparté rodando a un lado justo cuando la
mamá me embestía con una mueca feroz y los
colmillos bajos. Me puse en pie y corrí hacia
el saltapantanos, salté a la silla de montar
y levanté la palanca de marcha. ¡Adelante!
Mamá rebuscadora se detuvo un poco más
adelante, dio media vuelta y volvió a la carga
cortándome la retirada por entre
los árboles. Yo, muerto de
pánico, hice que el pájaro
corriera hacia el claro y,
al instante, me di cuenta
de que había metido
la pata: papá rebuscador
estaba allí, bufando y rascando
el suelo con una pata como un toro
enojado.

¡Los rebuscadores de trufas se vuelven locos! ¡Socorro!

El enorme jabalí soltó un berrido feroz y cargó contra mí. Toda la manada lo siguió. Los feroces rebuscadores de trufas venían a por mí desde todas direcciones.

Puse en marcha el saltapantanos y me abrí camino en zigzag entre esa manada furiosa. Mi atolondrado amigo recibió golpes, empujones y batacazos, y era difícil mantenerse sobre su grupa mientras esa manada de cerdos nos sacudía por todas partes. Intenté ponerme a cubierto, pero un grupo de rebuscadores nos volvió a conducir hasta el centro del claro otra vez.

Entonces, el enorme papá nos dio un golpe lateral y torció una de las patas del saltapantanos. «¡Oh, no!» Era imposible que el pájaro funcionara con una pierna torcida. Detuve al pájaro y me di la vuelta hacia mi enemigo. Los cerdos se habían alineado a unos veinte metros de distancia, preparados para cargar en manada. Entonces, el jabalí soltó un fuerte bramido y todo el ejército se lanzó a la carga gruñendo y chillando, y provocando un fuerte estruendo al golpear sus pezuñas contra el suelo. ¡Había llegado el momento de utilizar el arma secreta del saltapantanos!

Mientras el enorme papá conducía a la manada contra mí, me incliné hacia delante y apunté hacia él el telescopio que estaba sujeto

Enorme pápa
rebuscador
de trufas
↓

a la silla de montar. Esta era una de las cosas más extraordinarias que había descubierto en el manual de instrucciones: el saltapantanos podía disparar unos dardos paralizantes desde las fosas nasales. ¡No hacían ningún daño, pero podían paralizar tanto a un buey como a un oso! Esperé a que la huesuda y enorme cabeza del jabalí quedará en medio de la diana del visor y… *¡chac!*, apreté el botón de «fuego». Un dardo rojo salió disparado de una de las fosas nasales del saltapantanos y ¡BUM!, le dio a papá rebuscador justo en la frente.

—*¡Ooiiiiiiink!* —chilló.

Los demás cerdos se detuvieron en seco, pero el descomunal papá continuó corriendo hacia delante. ¡Las piernas le fallaban y la mirada se le torcía, pero no se detenía!

Justo cuando casi nos había dado alcance, las piernas se le doblaron y cayó a tierra. Pero la inercia de la carrera hizo que rodara por el suelo y que chocara contra nosotros con toda su fuerza. El saltapantanos salió volando hacia un lado; yo salí volando hacia otro, caí al suelo y continué dando volteretas un buen trecho. Por fin me paré casi al final del claro y miré a mi alrededor en busca de mi amigo de metal. ¡Oh, vaya! El pobre no tenía arreglo: estaba hecho un montón de chatarra, y los rebuscadores le estaban arrancando las piezas y lo pisoteaban con sus pezuñas.

El enorme papá empezaba a volver en sí. Cuando me vio, se puso en pie y volvió a la carga. «Oh, recórcholis, ¿es que no va a parar nunca?» No perdí el tiempo: me puse en pie, me agarré a la rama de un ancho roble y trepé a la copa. ¡Luego, corrí por una de las ramas y, soltando un grito de Tarzán, salté colgándome de rama en rama tal como me habían enseñado a hacer mis amigos los gorilas tanto tiempo atrás!

Papá rebuscador de trufas me siguió, gruñendo y cargando contra los anchos troncos de los árboles con su dura cabeza para hacerme caer al suelo.

Por suerte, al cabo de un rato se rindió, y yo pude continuar mi viaje solo. Había perdido al saltapantanos, que había sido un buen aliado; quizá fuera un poco atolondrado, pero me había ayudado a salir de la marisma… y me había salvado de las plantas carnívoras. ¡Aunque sabía que solo era una máquina tonta, iba a echar de menos su compañía!

Pasé toda la tarde saltando de rama en rama por el bosque. De vez en cuando sorprendía a una ardilla o a alguna paloma gorda, que salían huyendo por entre las ramas. Al anochecer encontré un gran nido de cuervo abandonado y me enrosqué en él para disfrutar de un merecido descanso.

Al día siguiente

Lo pasé saltando de rama en rama por el bosque. Solo me quedaban unas cuantas bellotas en el bolsillo. Sin rastro de ningún animal salvaje, ¡gracias al cielo! Puse mi diario al día y luego me acurruqué dentro de un tronco vacío para dormir.

¿Quién anda ahí?

Me puse en marcha en cuanto me levanté
por la mañana y continué saltando de rama en
rama por el bosque. A media tarde ya sentía los
brazos cansados y tenía muchísima sed. La botella
de agua estaba casi vacía, así que cuando oí el
agradable sonido del agua correr bajé de las copas
hasta las ramas más bajas de un gran fresno.

No quería sorprender a otra manada de
rebuscadores de trufas, así que me senté en una
rama ancha y observé el suelo del bosque. Parecía
desierto, había un trozo de hierba cubierto de
hojas que formaba un suave terraplén y –¡oh,
qué bien!– al final del mismo corría un sonoro
arroyo.

Realicé otro reconocimiento del terreno para
asegurarme de que no hubiera ningún peligro
y luego salté al suelo. Me acerqué con cautela al
arroyo y me senté entre un grupo de árboles de
la orilla. Luego, hice un cuenco con las manos y
tomé un buen trago de agua. ¡Oh, estaba deliciosa!
Era un agua fría y transparente como el cristal
y tomé un trago tras otro. Me lavé la cara para
quitarme todo el lodo y el fango y la baba que
llevaba encima desde que había huido del Mundo
Subterráneo. Finalmente, no me pude resistir: ¡me
quité el pantalón lleno de agujeros y me tumbé
en el helado curso del agua dejando que esta me

limpiara a mí y a mis ropas al mismo tiempo!

Refrescado y más limpio que nunca desde que me había ido de casa, salí del arroyo y me tumbé a la orilla disfrutando de la cálida brisa de la tarde. Pronto me quedé medio dormido. Soñé con monstruos de baba, trogloditas, forajidos y con mi casa…

¡El crujido de unas ramitas me despertó de un sobresalto!

—¿Quién anda ahí? —pregunté todavía un poco somnoliento, pero no se veía nada entre los árboles que había a mi alrededor.

«Es curioso —pensé—. Estos árboles no estaban tan cerca de mí cuando me tumbé a dormir. ¡Bueno, claro que tenían que estarlo! Los árboles no se mueven solos, ¿no es verdad?» Entonces oí el susurro de unas hojas y otro crujido de ramitas.

—Eh —exclamé—, ¿quién anda por ahí?

Empezaba a ponerme nervioso. Estaba seguro de que los árboles estaban mucho más cerca de mí que antes. Me puse en pie y empecé a alejarme despacio, agachándome un poco y mirando a mi alrededor por si aparecía algún peligro. Esperé y observé, pero no pasó nada.

¿Qué especie de criatura se esconde entre la maleza?

59

Ningún animal amenazante salió de detrás de los árboles; ninguna planta carnívora enroscó su zarzillo en mi tobillo para arrastrarme a su devoradora boca de pétalos. Esperé un poco, y luego un poco más, pero tampoco pasó nada. Así que empecé a relajarme.

Entonces, la maleza que había a mi alrededor empezó a agitarse y, de repente, algo gris salió disparado de entre los helechos. Di un salto del susto y el corazón se me aceleró: el animal se había detenido justo donde yo había estado durmiendo. Solté un suspiro de alivio al ver que… ¡era un conejo! Era como una bolita de pelo de color gris, y empezó a mordisquear la hierba con gesto nervioso y sin dejar de mover las largas orejas a un lado y a otro.

Reí para mis adentros. Imagínate: asustarme por un conejo. ¡Vaya valiente explorador que estaba yo hecho! Es curioso cómo la mente nos engaña, pensé, porque en esos momentos ya estaba seguro de que los árboles no se habían movido ni un centímetro: no había sido más que mi imaginación. Me moví ligeramente y el ruido sobresaltó al ansioso conejito, que salió corriendo a ocultarse tras la maleza otra vez. Me sentía un poco tonto, así que cogí la mochila y me puse en marcha. No tenía ni idea de hacia dónde ir, y saqué la brújula que había encontrado con el esqueleto en la jungla de los gorilas.

Según el mapa de Jakeman, la fábrica se encontraba en el noroeste, pero saber eso solo me servía si sabía con exactitud dónde me encontraba, ¡y eso es muy difícil de saber con un mapa que está casi todo en blanco!

¿Cómo podía localizar mi posición? Seguramente, tenía algo que ver con la posición de las estrellas, pero necesitaría un sextante para averiguarlo ¡y no tenía ninguno en mi equipo! Tendría que seguir avanzando hacia el noroeste con la esperanza de llegar a algún lugar cercano a la fábrica. En un momento u otro tenía que encontrarme a alguien a quien le pudiera preguntar.

espejo de índice

filtros solares

espejo del horizonte

visor telescópico

filtros solares

arco de graduación

tambor giratorio

graduación

Se utiliza el sextante para averiguar la altura del Sol: se mira por el visor telescópico hacia el horizonte, y luego se gira el arco de graduación hasta que el espejo refleja el sol. Cuando parece que el sol toca el horizonte, se puede leer la graduación y, luego, averiguar la latitud. ¡O, en lugar de eso, se puede comprar un GPS!

Mientras preparaba mi mochila, vi mi navaja multiusos y pensé: «Ya lo sé: dejaré una señal. Así, si alguien me busca, tanto si es Jakeman como alguien de casa, sabrá que he pasado por aquí». Desplegué la hoja de cuchillo con intención de grabar mi nombre en el tronco de uno de los árboles.

—Ni se te ocurra, amigo.

¡El pueblo arbóreo!

Me giré en redondo, pero no había nadie.

—¿Quién ha hablado? —grité.

—¡Yo! —respondió una voz cortante justo a mi lado.

Me di la vuelta, pero no veía a nadie por culpa del árbol. Saqué la cabeza despacio por detrás del tronco, pero allí no se escondía nadie. ¡Estaba seguro de que había oído algo, y no se trataba de ese conejito de peluche!

—Sal para que te vea, seas quien seas —pedí, aunque no estaba seguro de si quería que, fuera lo que fuera, apareciera por entre el enredo de maleza que me rodeaba.

—Estoy aquí.

—¿Dónde? —grité, porque ya empezaba a pensar que me había vuelto loco.

—Aquí —dijo una voz procedente del árbol.

Levanté la mirada hacia las ramas, para ver si había alguien sentado en ellas, ¡y vi que en la corteza del tronco había dos ojos que me observaban!

–¡Un árbol parlante! –exclamé, asombrado–. Tiene que ser una broma. ¡Un árbol que habla y que tiene ojos!

El árbol dio un paso hacia delante moviendo las ramas y agitando las hojas. Luego otro árbol también se movió, y luego otro, y muy pronto todos los árboles alrededor del lugar donde había estado durmiendo se balanceaban y avanzaban haciendo crujir sus ramas.

Di un paso hacia atrás buscando un camino de huida, pero mientras lo hacía, una mano leñosa se posó sobre mi hombro.

–No te preocupes –dijo el árbol con voz ronca–. No hacemos daño. Somos pacíficos.

–Pero sois árboles –repetí, confuso y un poco alelado.

–No, no árboles... ¡plantas humanas!

Entonces, al observarlo con mayor detenimiento, entendí lo que quería decir. Sí, parecían árboles; tenían la piel nudosa y agrietada como la corteza de los árboles, pero solamente tenían dos ramas que eran los brazos y que terminaban en unas manos leñosas de dedos muy largos y finos, como ramitas. Tenían cara y boca y… *¡Oh, uau!* ¡Eran realmente espeluznantes!

—No te asustes —dijo el árbol, que hablaba con frases breves y tono cortante—. Somos habitantes del bosque. Vivimos en los bosques hace siglos. Empezamos igual que tú. Evolucionamos hacia una nueva especie: humanos arbóreos.

¡Era extraño, pero cuanto más miraba esos extraños seres, más parecidos a las personas los veía! Algunos de ellos eran altos, quizá llegaban a tener cuatro metros de altura; otros eran bajos y achaparrados, no mucho más altos que un ser humano normal. Los dedos de las manos eran como pequeñas ramas y estaban cubiertos de pequeños brotes, y su cabello era una masa desordenada de brotes gruesos como ramas y llenos de hojas. Incluso sus narices terminaban formando unos nudos o protuberancias, y llevaban el cuerpo cubierto con vestidos hechos de líquenes y de musgo. Aquí tenéis un dibujo que hice de uno de los hombres arbóreos:

—¿Cuántos sois? —pregunté.

—Unas cuantas tribus en todo el bosque. En cada tribu somos diez.

—Sí, ahora os distingo con toda claridad —repuse—. ¿Tenéis nombre?

—¡Por supuesto! O las cosas —dijo, e hizo una pausa durante la cual inspiró larga y sonoramente— serían confusas. Me llamo Árbol.

—Ah, esto hace que todo quede más claro —repuse.

Una promesa de auxilio

—¿Estás perdido? —preguntó el árbol—. ¿Podemos ayudar?

—Oh, sí, por favor —grité.

Y le expliqué que estaba viajando hacia la fábrica de Jakeman. Le mostré el mapa, pero no le sirvió de gran cosa, ni a él ni a sus amigos.

—No conozco a Jakeman —dijo el árbol con voz crepitante, y yo solté un suspiro de decepción—. Pero conocemos a un hombre que puede ayudar.

—¿De verdad? —grité—. ¿Vive en el bosque? ¿Conoce a Jakeman personalmente?

—Calma —se rio el árbol, con unas carcajadas que sonaban como ramas al romperse—. El hombre vive lejos. En el Gélido Norte. Muy listo, sabe dónde viven todos. Se llama Mamuk.

—Pero si vive en el Gélido Norte, ¿cómo voy a encontrarlo? —me quejé, frustrado—. Tardaré años en llegar allí; ¡si es que no me pierdo por el camino antes!

—No te preocupes —repuso el hombre arbóreo con su voz crujiente—. Tenemos una amiga: si se lo pedimos bien, ella te llevará.

—¿De verdad? ¡Oh, genial! —grité, y un montón de pájaros asustados empezaron a chillar entre las copas de los árboles.

—¿Necesitas algo más?

—Tengo bastante hambre —dije—. ¿Supongo que no tendréis algo para comer?

—Sígueme.

—¡También podéis caminar! —exclamé al ver que la gente arbórea se acercaba al arroyo.

—Por supuesto —repuso el hombre arbóreo, levantando un pie retorcido y nudoso—. ¿Cómo nos movemos si no?

—Disculpa… ¡todo el tiempo me olvido de que sois personas y no árboles!

—Aquí —dijo Árbol metiéndose en un charco de fango y cerrando los ojos con expresión de placer—. Fantástico —añadió.

—Ya me he bañado. Estoy más hambriento que sucio.

—Esto es comida —dijo Árbol—. Está lleno de nutrientes. ¡Mmm, delicioso! ¡Sórbelo a través de los pies!

Y el hombre arbóreo volvió a levantar el pie y vi que de la planta le salían infinitud de finas raíces.

¡Era increíble! Esos seres habían evolucionado realmente en moradores del bosque. Eran tanto árboles como humanos.

—Me temo que no tengo raíces —dije—. Solo tengo una boca, y ya me embadurné bastante de fango en el Mundo Subterráneo. No tendrás, por casualidad, alguna fruta para comer, ¿verdad?

—¡No! —contestó Árbol, y todos los demás agitaron las ramas con indignación—. ¡No somos caníbales! Pero tenemos setas.

—Oh, no estoy muy seguro de comerlas —expliqué—. Algunas son muy venenosas, y no sé distinguir cuáles se pueden comer y cuáles no.

—No temas. Nosotros lo sabemos —dijo Árbol—. Ashley, ve a buscar setas para el amigo… ¿tu nombre?

—Charlie Small —dije—. Gracias, Ashley —agradecí levantando la voz al ver que un hombre arbóreo pequeñísimo se alejaba por el bosque rezongando en voz baja.

—¿Por qué siempre yo? —preguntaba en un susurro—. «Ashley, haz esto. Ashley, haz lo otro.»

—No te preocupes —me dijo Árbol soltando una carcajada seca y crepitante—. ¡Es cascarrabias!

Un papeo delicioso ¡Mmm!

Muy pronto, Ashley regresó con un gran
montón de setas. Bueno, no es que yo sea muy
aficionado a las setas, pero tenía mucha hambre,
así que ¡mordí una seta pequeña de color avellana
pensando que tendría un sabor horrible! Pero ¡no
fue así: sabía a delicioso merengue! ¡Mmm!

Probé otra distinta, y esta sabía a carne
asada con salsa; otra era como comerse una
hamburguesa con patatas. Muy pronto había
terminado con todo el montón.

–Gracias, Ashley –dije,
mientras me frotaba la panza
hinchada–. Gracias, Árbol.

¡Ñam,
ñam!

–Ok, Charlie –repuso
Árbol–. Ahora duerme. Será
una noche larga. La amiga
vendrá a medianoche.

¡Fantástico! Estaba impaciente.
De verdad espero que la amiga
del hombre arbóreo acceda a llevarme hasta
Mamuk. Sabía que el hombre arbóreo tenía razón:
necesitaba descansar un poco. Así que ahora
estoy acabando de escribir mi diario aquí,
acurrucado sobre una montaña de hojas. Mis
nuevos amigos, el pueblo arbóreo, vigilarán
mientras yo duermo, y me despertarán cuando
llegue mi guía... ¡sea quién sea!

Octavia Luna ◉◉

Una mano leñosa me tocó en el hombro y abrí los ojos, soñoliento. Árbol estaba delante de mí.

—Levántate, Charlie. Hora de partir —dijo.

Bostecé y me froté los ojos.

—¿Ya es medianoche? —pregunté.

—Pasada medianoche. Octavia espera. Debes darte prisa.

—¡Genial! —repuse, preguntándome si mi guía sería alguien del pueblo arbóreo o si sería un humano como yo. Miré a mi alrededor, pero no pude ver a nadie—. ¿Dónde está? —pregunté.

—En el castaño —crepitó Árbol.

—¡Qué lugar tan raro para esperar! —me asombré.

—No para una lechuza —contestó Árbol.

—¿Una lechuza? ¿Cómo va a ayudarme una lechuza?

—Octavia Luna es una lechuza de la tundra —repuso Árbol—. Poderosa, inteligente y valiente. No la hagas esperar. ¡Es muy cascarrabias! —Y, con una carcajada áspera, añadió—: ¡Su ulular… es peor que su mordisco!

Árbol me ofreció su mano leñosa y yo apoyé un pie en ella; entonces me izó por encima de su cabeza hasta que estuve a unos cuatro metros del suelo.

—Te presento a Octavia Luna —dijo Árbol, depositándome en una de las ramas del castaño.

Octavia Luna era tan grande como yo

«¡Socorro!» Menos mal que Árbol me había dicho que Octavia era una amiga, porque si me hubiera tropezado con ella por casualidad, ¡habría salido corriendo! ¡Tenía una mirada aterrorizadora!

Al subir a la rama me encontré delante de dos ojos grandes y brillantes, grandes como platos, que estaban a mi altura. «¡Caramba, es tan alta como yo!», pensé. Sobre esos dos ojos luminosos como faros tenía dos protuberantes cejas, largas y emplumadas, que hacían que su mirada resultara intimidante; y en medio de esa cara ancha tenía un pico largo y curvado que daba miedo. De un lado del pico le colgaba un largo apéndice.

—¿Quién eres túú-úú? —preguntó la lechuza—. ¿Es que no sabes que es de mala educación interrumpir a una señorita mientras come?

«¡Oh, vaya!», pensé. Seguro que la gente arbórea le había hablado de mí y ahora se estaba mostrando desagradable. ¡Entonces me di cuenta de que la lechuza me acababa de hacer una pregunta!

—¡Puedes hablar! —exclamé con asombro.

—¿Y por qué no tendría que poder? Las lechuzas somos pájaros muu-uuy inteligentes, ¿sabes?

—¡Oh, por supuesto, lo siento! Me llamo Charlie: Charlie Small. Encantado de conocerte, Octavia —dije con gran educación, pues esa lechuza tenía una actitud que hacía que uno fuera educado sin darse cuenta.

La lechuza parpadeó y resopló al mismo tiempo, y ese apéndice que parecía la cola de un ratón desapareció en su pico como si fuera un espagueti.

—Puuu-uuedes llamarme madam Luu-uuna —dijo, y entonces empezó a ahogarse, toser y atragantarse, todo al mismo tiempo.

—¿Te encuentras bien? —pregunté mientras avanzaba por la rama y le daba unos golpecitos en la espalda.

—*¡Oooheeaggheerr!* —tosió.

Entonces, de repente, escupió una bola de pelo. ¡Era encantadora!

trocitos de
hueso
de roedores
y pájaros

pelo, cabellos
y plumas

las lechuzas
escupen bolas
de pelos y huesos
no digeridos: ¡puag!

—Te pido perdón: una bola —dijo, a modo de explicación—. Túú-úú debes de ser el chico que quiere ir al Gélido Norte. Así que date prisa y monta a mi espalda, Charlie. ¡No hay tiempo que perder!

Me coloqué a la espalda de madame Luna y trepé sobre ella para que me llevara a cuestas.

—¿Está bien así? —empecé a preguntar, pero Octavia Luna ya había despegado dibujando un arco al elevarse en el cielo nocturno.

¡Yujuuu! Me agarré con fuerza a sus plumas.

—¡Hasta luego, y gracias! —grité a la gente arbórea.

—Adiós Charlie, buena suerte —crepitaron con sus voces ásperas.

Un vuelo nocturno

Subimos más y más arriba hacia unas nubes finas que se deslizaban en el cielo añil. Por debajo de nosotros el bosque se alejaba en todas direcciones, iluminado por la pálida luz de una gran luna de color limón.

—Tienes que suu-uujetarte con fuu-uuerza, Charlie —ululó Octavia—. Volamos muu-uuy alto.

Recorrimos muchos kilómetros y, poco a poco, el bosque iba haciéndose más pequeño. Entonces, de repente, desapareció, y en su lugar apareció un terreno lleno de suaves colinas.

Distinguí el curso ancho de
un río que brillaba como la
plata y serpenteaba entre
verdes promontorios.

Continuamos
volando y el paisaje
cambió de nuevo:
las colinas dejaron paso a
un terreno llano y desértico
con unas fantásticas formaciones rocosas que
parecían esculturas. A la luz de la luna las rocas
proyectaban unas sombras muy largas, y era fácil
imaginar que eran enormes gigantes, grandes
manos o temibles dragones fosilizados.

—¡Socorro! —grité. De repente, Octavia Luna
se había lanzado a un descenso en picado—. ¿Qué
estás haciendo? *¡Arrgh!*

El viento aullaba en mis oídos y nosotros nos
precipitábamos a toda velocidad hacia ese terreno
rocoso.

—¡Estoy resbalando, madame Luna, estoy
resbalando!

Le lechuza no dijo nada, así que me agarré con
más fuerza a las plumas de su cuello y me tumbé
sobre su espalda para no caer. Entonces, mientras
me sujetaba con todas mis fuerzas, la lechuza
bajó la cabeza y se precipitó hacia abajo casi en
vertical.

Vi que el suelo se acercaba rápidamente hacia nosotros y creí que íbamos a chocar contra las rocas. Y entonces, en el último segundo, Octavia se enderezó y lanzó un graznido mientras alargaba sus poderosas garras hacia el suelo y aterrizaba encima de un peñasco. Me tumbé allí con la respiración agitada y muerto de miedo y de euforia, mientras la lechuza daba caza a un pequeño roedor con el pico.

—Hora de comer —me dijo Octavia con despreocupación—. ¿Quieres uu-uun poco?

—No, gracias —tartamudeé, temblando todavía—. Aún me quedan unas cuantas setas.

Pero me sentía demasiado mareado y débil para comer nada.

La tormenta de nieve

Mientras continuábamos el viaje saqué el mapa de Jakeman, lo extendí encima de la espalda de Octavia y empecé a dibujar las partes que faltaban de esa región. No estoy seguro de haber puesto las cosas en el sitio adecuado, y mis trazos son un poco inseguros, pero ahora el mapa da una idea de dónde he estado. Será bueno tener esta referencia cuando regrese a casa y quiera recordar todos mis viajes. Así está el mapa, de momento:

Mi fábrica

Pueblo

El Río Ancho y Salvaje

Las Altas Colinas

colinas bajas

¡TEN CUIDADO!

Río

Rebuscadores de trufas

Plantas carnívoras

Ciénaga

Cómo encontrar el camino de la fábrica de Jakeman.

Creo que puedo llevarte de regreso a casa, así que ven a mi fábrica y nos encontraremos allí. Ten cuidado, es un viaje largo y peligroso.
Buena suerte y nos vemos pronto.
De tu amigo, William Jakeman
Inventor

*No está a escala

El aire se volvió muy frío, así que me puse las plumas de la lechuza por encima de las rodillas como si fueran una manta.

—¿Cuánto falta? —grité.

—Uu-uuna o dos horas —respondió madame Luna.

—¿Qué temperatura crees que hay? —pregunté, pues los dientes empezaban a castañetearme.

—Uu-uunos dos grados —dijo Octavia—. Pero pronto hará más frío.

—¿Más frío? —chillé—. Pero ¡si ya estoy helado!

—No gimotees como un bebé —bufó Octavia—. ¿Qué dirás cuando lleguemos al Gélido Norte?

Caramba, Árbol tenía razón: ¡Octavia era un poco cascarrabias! Saqué el abrigo y la agujereada bufanda de mi equipo de explorador y me los puse. Ya no sentía la cara a causa del frío, y en las cejas y en la nariz se me empezaba a formar un poco de escarcha. Y entonces empezaron a caer unos grandes copos de nieve.

Al cabo de un segundo el cielo ya se había vuelto blanco y los copos de nieve caían con fuerza formando extraños dibujos delante de nosotros. Me sentía un poco mareado y desorientado. Octavia continuaba volando, pero empezó a soplar un viento muy fuerte que nos empujaba a un lado y a otro y hacía difícil mantener el rumbo.

—¡*Uu-uu!* Estamos en… —chilló mi guía, pero el viento se llevó sus palabras.

Y, justo en ese momento, ¡*baaaam!*, la tormenta de nieve nos golpeó con toda su fuerza y nos lanzó por el cielo haciendo volteretas. Octavia consiguió enderezarse, pero otra ráfaga de viento le dio de lleno y la hizo girar hacia atrás y hacia abajo.

—¡Uu-uuu, cuidado, Charlie! —gritó Octavia.

Las alas le vibraban y empezamos a caer en espiral hacia el suelo.

¡*Uuuuf!* Aterrizamos con un fuerte golpe sobre una montaña de nieve. En ese mismo instante, un golpe de viento me levantó del suelo y tuve que agarrarme a una gran roca para evitar que se me llevara volando.

—Tendremos que esperar aquí hasta que pase la tormenta —le dije a Octavia a voz en cuello.

La lechuza estaba luchando para mantenerse erguida bajo ese viento huracanado: tenía la cabeza hundida y las alas plegadas con fuerza.

—A partir de aquí tendrás que continuu-uuar solo —contestó—. Tienes que ir por allí —añadió, desplegando un ala para señalarme el camino.

Inmediatamente, el viento la arrastró muy lejos hasta que se perdió de vista.

—¡Uuuuu-uuuu!

—¡Regresa! —grité—. No me dejes aquí solo.

Pero esa fue la última vez que vi a Octavia Luna.

Me cubrí la cabeza con la capucha, metí las manos en los bolsillos del abrigo y me cobijé detrás de la roca para evitar el potente viento. «Esto me resulta conocido», me dije, y me pregunté si no volvía a estar en el mismo lugar en que había encontrado al lobo Braemar, el lugar en que había descubierto al trampero muerto y donde luego había derrotado al rey de las marionetas bajo un enorme arco de hielo. «Oh, ojalá tuviera ahora esas ropas de piel para cazar», pensé… pero me las había dejado en casa de la abuelita Green. Cerré los ojos, apreté los dientes y esperé a que pasara la tormenta.

¿Volvería a encontrarme con el rey de las marionetas?

Un desconocido en la nieve

Cuando el sol, rosado y débil, se levantó por el horizonte, el viento cesó y la nieve se hizo más ligera, pude salir, por fin, de detrás de la roca y echar un vistazo a mi alrededor. Toda la zona estaba cubierta por un grueso manto de nieve que suavizaba las formas de las extrañas rocas y las hacía parecer talladas en mármol.

Me encontraba encima de una gran elevación del terreno y ante mí se abría un valle amplio y plano, poblado por unos bosques cubiertos de nieve y en el que se levantaban unas suaves colinas. No se veía ni rastro de ningún pueblo ni de ninguna casa, pero me pareció que, si bajaba al valle, me encontraría más protegido, así que decidí que iría en esa dirección.

El descenso por la rocosa ladera fue fácil y pronto llegué abajo. Saqué una seta que tenía sabor a madalena y empecé a avanzar por la nieve sin saber adónde iba, pero con la esperanza de cruzarme con alguien que me pudiera decir dónde encontrar a ese tal Mamuk.

Caminé kilómetros y kilómetros por el valle, siempre atento por si me volvía a encontrar con mi viejo amigo Braemar pero con pocas esperanzas de tropezarme con él. Aunque ese terreno era frío y estaba cubierto de nieve, el paisaje era muy distinto al del helado yermo donde había conocido al valiente lobo blanco.

La nieve continuaba cayendo, pero ahora era menos densa. Iba subiendo hacia dos grandes rocas y de repente una figura emergió entre ellas y se detuvo. «Oh, bien –pensé–. Ahí hay alguien a quien pedirle que me indique el camino.» Pero mientras caminaba apresuradamente hacia él me di cuenta de que el desconocido llevaba la cara cubierta con un pañuelo. «Qué raro –pensé–. Ahora ya no hace tanto frío.»

–¡Mmm, mmm, mm, mmm! –gimió el hombre del pañuelo en el rostro.

–¿Disculpe? –pregunté–. No se le oye muy bien con ese pañuelo.

El hombre se sacó una pistola del cinturón y me apuntó con ella.

–He dicho que te pares y me entregues todo lo que tengas, bobo. ¡La bolsa o la vida!

«¡Socorro! Un salteador de caminos… ¡eso podía ser peligroso! Tranquilo, Charlie, intenta mantener la calma.» Pero estaba claro que yo no tenía nada que pudiera robarme.

–No llevo dinero –dije, dándome unos golpecitos en los bolsillos–. ¡Estoy completamente arruinado!

–Oh, vaya, entonces iremos por las malas.

–¡Sácate el forro de los bolsillos! –dijo el desconocido en tono de aburrimiento.

¡Socorro!
Era un terrible
salteador de caminos

A pesar de su aspecto, tenía un acento bastante pijo. Sus ropas parecían de calidad pero se veían viejas y gastadas. Llevaba un increíble sombrero que tenía forma de cucurucho, una chaqueta de un color verde oscuro y un pantalón de color marrón con las perneras metidas dentro de unas suaves botas de piel. El rostro casi no se le veía, pues lo tenía cubierto por un pañuelo de seda rojo.

Me di la vuelta a los bolsillos. Aparte de unas cuantas bellotas de la ciénaga, estaban completamente vacíos, así que el desconocido me miró y se rascó la cabeza chasqueando la lengua.

–¡Típico! –dijo–. La única persona que encuentro en toda la mañana y no lleva ni una moneda encima. Esto me pone en una situación difícil, amigo.

¡Manos arriba!

El jefe Belcher, el líder de los bandidos salvajes, espera que regrese con un botín decente. ¿Qué voy a decirle? ¡No puedo ser el único bandido que regresa con las manos vacías otra vez! ¡Seguro que mis colegas encontrarán alguna cosa y yo voy a quedar como un completo percebe!

—Bueno, siento mucho no tener nada que puedas robar —repuse con sarcasmo.

—Oh, no importa. Me llevaré esa mochila. Por lo menos es algo. Vamos, dámela.

—¡Mi mochila no! —grité, aterrorizado—. La necesito. Dentro tengo todas mis cosas de explorador.

—No puedo hacer nada, chico. Yo también la necesito. Ahora dámela. —El bandido apuntó la pistola hacia mí—. Estoy perdiendo la paciencia —añadió.

Me quité la mochila de la espalda y se la tiré al suelo con enojo.

—¿Satisfecho? —pregunté.

El bandido recogió la mochila y se la puso bajo el brazo.

—No tienes por qué enojarte tanto. ¡Solo estoy haciendo mi trabajo! —respondió el bribón en tono educado—. Además, no deberías ir por ahí tú solo. Es una zona peligrosa.

—No me digas —me burlé.

—Y tanto —repuso el ladrón, riendo—. ¡Hasta luego!

Y desapareció detrás de las rocas. Al cabo de unos segundos oí el sonido de unos cascos de caballo que se alejaban.

—¡Maldición! ¡Sapos y culebras y centellas y truenos! —vociferé, pateando la nieve con fuerza.

¿Qué iba a hacer sin mi equipo de explorador? Gracias a él había podido salvarme una y otra vez, y ahora me sentía muy desprotegido.

Por suerte, cuando estaba con el pueblo arbóreo me había metido el lápiz y el diario en el bolsillo del abrigo, así que me senté sobre la nieve para escribir mis últimas aventuras y para pensar en qué hacer a partir de ese momento…

¡Bueno, ya basta de pensar! He decidido que solamente puedo hacer una cosa: tengo que perseguir a ese despiadado bandido y ¡robarle mi mochila! Ya seguiré escribiendo más tarde.

Más bandidos y otro robo ¡Oh, no!

No era difícil seguir el rastro de ese bandido salvaje. Su caballo había dejado unas huellas muy claras sobre la nieve, así que las seguí por el ondulado valle durante unas cuantas horas.

Al cabo de un rato, las cosas se pusieron un poco más difíciles.

Las huellas de mi presa empezaron a perderse entre muchas más huellas de cascos. Algunas también eran de caballo, pero la mayoría eran

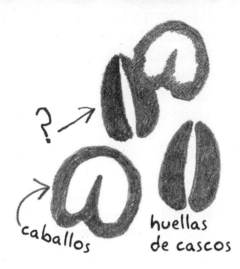

? caballos

huellas
de cascos

muy distintas: eran unas huellas partidas en dos, como las de las vacas. Pero encontré unas heces que tampoco parecían de ganado vacuno, porque eran pequeñas, de unos tres centímetros de largo. ¡Y todos sabemos que las heces de vaca son muy grandes!

Caminaba en zigzag por la nieve procurando no perder el rastro. De repente, oí el relincho de un caballo que procedía de cierta distancia. Me agaché y me arrastré hacia un montículo cubierto de nieve, del cual parecía proceder el relincho. Sí… ahora oía voces, así que subí con sigilo por un lado del montículo y saqué la cabeza por encima.

Y allí, sentado encima de su caballo, se encontraba el bandido que se había llevado mi mochila. La llevaba colgada de la elegante silla de montar. Pero no estaba solo: a su lado había dos bandidos más, también a caballo, y los dos tenían el rostro cubierto con pañuelos para ocultar su identidad. Estaban apuntando a otro hombre que llevaba capucha y que iba completamente vestido con pieles.

El hombre estaba sentado encima de un desvencijado trineo construido con troncos de madera atados con tiras de piel. Sobre el trineo llevaba un montón de pieles de animal y seis renos de pelo largo tiraban del trineo con unos arneses. ¡Así que eran ellos los que habían dejado esas huellas en la nieve!, pensé. Los animales tenían una magnífica cornamenta, y resollaban con fuerza, como si hubieran estado corriendo durante mucho rato.

Los bandidos desmontaron y empezaron a rebuscar entre las pieles de animal; entonces el hombre volvió la cabeza y pude verle el rostro medio oculto en la capucha de piel: tenía el cabello largo y blanco, unos ojos almendrados y rasgados, y una barba delgada e hirsuta que terminaba en punta.

«Parece un hombre de la etnia Nenet: un pastor de renos», pensé. Había leído algunas cosas sobre ellos en uno de mis libros de explorador, en casa. Estos hombres llevan a sus enormes rebaños de renos por toda la tundra y utilizan sus pieles para vestirse, comen su carne y fabrican herramientas con la cornamenta.

El pastor de renos

—Dejadme ir, cabezas huecas. Tengo prisa —dijo el pastor de renos—. ¡Colas de pez congeladas! ¿Cuántas veces os tengo que decir que no tengo nada para daros?

—¡Ay, carámbano! No te cremoss, Sseñor de los Renoss —dijo uno de los bandidos que era bajito y gordito y que hablaba con un acento peculiar—. Ssabemos quién eress. Te hemoss reconossido de

¡Ay, carámbano!

inmediato. Eress el jefe de todoss loss pastores de renoss: ¡el gran premio! No noss digass que no tieness el dinero guardado en algún lugar. Te vamoss a llevar con nuesstro jefe. Él te hará hablar, sseñor Mamuk.

«¡Mamuk!», pensé, y me quedé sin respiración de la sorpresa. Ese era el hombre que podía ayudarme, según me había dicho la gente arbórea. Y ahora estos bandidos salvajes se lo iban a llevar.

—Pero noss quedaremoss con todo essto… y también con loss renoss. ¡Asaltar caminoss ess un trabajo que da poco de comer, assí que todo essto sserá un buen botín!

Uno de los bandidos cogió a los renos por las riendas y empezó a caminar. Dos más acompañaron al trineo corriendo a cada lado del mismo sin dejar de apuntar al desventurado pastor. Yo fui tras ellos ocultándome de roca en roca para que no me vieran y siguiendo las huellas que dejaban en la nieve. No podía perderlos ahora. Quizá Mamuk fuera la única

persona que podía ayudarme a encontrar
a Jakeman. Pero ¡parece que primero voy
a tener que ayudarlo a escapar de esos bandidos
salvajes!

La guarida de los bandidos en el
Desfiladero Congelado

Les seguí el rastro mientras ellos conducían
al pastor hacia el otro extremo del valle,
donde desaparecieron en un pequeño bosque
de árboles de hoja perenne. Allí el terreno se
elevaba formando una serie de altas colinas.
El aire estaba cargado con el perfume de
los pinos y me hizo sentir un poco mareado.

Ellos no tenían ni idea de que yo los estaba
siguiendo, así que no hicieron ningún esfuerzo
por no hacer ruido. Oía sus risas y sus chistes, el
crujido de las ramas bajo las pezuñas de los renos
y el chirriar del trineo al pasar por encima de las
raíces de los árboles del bosque.

Los seguí por un accidentado camino
que serpenteaba entre los árboles hasta que
llegué a una pronunciada cuesta que penetraba
en una falla cubierta de musgo en la ladera
de la montaña. Cuando llegué al inicio de esa
hendedura me encontré con un rótulo pequeño

y deteriorado que estaba clavado en una roca.
Limpié el musgo y el polvo que lo cubría y leí la
inscripción:

Debajo de la inscripción había tallado en la
madera un cráneo con dos huesos cruzados.
«Mmm –pensé–. No es precisamente una
bienvenida.» Pero no tenía más alternativa que
continuar.

A pesar de que a partir de ahí el sendero era
muy estrecho –y el trineo debía de tener el espacio
justo para pasar–, el suelo estaba cubierto de
nieve, así que los bandidos habían podido hacer
correr a los renos. Pronto me habían dejado muy
atrás. Pero no me importó, porque todavía era
fácil seguir sus huellas en la fresca capa de nieve.

Cuando llevaba una hora avanzando, el sendero
dibujó una curva y me encontré ante un camino
más ancho. En medio del mismo se levantaba
un enorme pino, y me oculté tras su amplio

tronco para echar un vistazo a mi alrededor. El camino se alejaba cuesta abajo; era una amplia extensión de blanquísima nieve flanqueada por unas escarpadas laderas. Vi que las huellas de los caballos de los bandidos y del trineo serpenteaban en dirección a unas enormes rocas que quedaban a la izquierda del camino. Entre ellas se veía una pequeña chimenea de metal de la cual salía una fina columna de humo. ¡Había llegado a la guarida de los bandidos!

Avancé a cuatro patas, ocultándome tras las rocas para ser invisible desde la guarida de los bandidos. Escalé silenciosamente las rocas y, cuando llegué arriba, me tumbé con la barriga contra el suelo. Allí abajo vi una cabaña grande y desvencijada con un porche que se extendía por delante de la fachada. El bandido que me había robado la mochila estaba sentado en una silla delante de la puerta y vigilaba el desfiladero por si llegaba algún intruso. ¡Por suerte, no estaba haciendo un buen trabajo!

Justo debajo de mí había un corral adosado a la cabaña. En él habían encerrado a los renos del pastor, que ahora caminaban de un lado a otro con nerviosismo. En la pared de la cabaña que daba al corral había una única ventana muy alta que se encontraba un poco abierta. Si pudiera trepar hasta esa ventana, quizá podría averiguar dónde tenían a Mamuk… ¡y dónde habían metido mi valiosa mochila esos bandidos salvajes!

¡Una cornamenta me ayuda!

Bajé de las rocas en silencio y, manteniéndome fuera del campo de visión del vigilante, me escabullí hacia la parte trasera del corral.
Los renos se inquietaron: bufaron con fuerza soltando unas grandes nubes de vaho por la nariz y patearon el suelo.

—¡Shhhh! —hice, con suavidad.

No quería que los bandidos los oyeran; ¡si me atrapaban, quién sabe lo que podría suceder!

—Buen chico, buen reno —le dije al más grande de todos, que acababa de meter su enorme cabeza entre los barrotes y acercaba el hocico hacia mí.

Lo acaricié y el amistoso animal cerró los ojos y me lamió con su lengua larga y rasposa.

Era un macho magnífico, y tenía unos dos metros de altura desde el lomo al suelo. Su cornamenta se levantaba sobre su enorme y orgullosa cabeza como si fuera un matorral sin hojas.

Metí la mano en el bolsillo, saqué una de las bellotas que había cogido en la ciénaga y se la ofrecí. El reno me dio un suave golpe con el hocico a modo de agradecimiento y la cogió de la palma de mi mano. Entonces le rasqué la cabeza entre la enorme cornamenta.

Miré hacia la alta ventana. En la pared de la cabaña no había nada a lo que agarrarme, y supe que no podría trepar por ella sin alertar a los bandidos. Si hubiera tenido las cosas de mi mochila, quizá la situación habría sido distinta, pero al no tenerlas iba a necesitar un poco de ayuda.

Salté dentro del corral. El gran reno me dio un golpecito en el costado del cuerpo, intentando meter el hocico en mi bolsillo para ver si había más bellotas. Saqué las que me quedaban y, mostrándoselas, lo atraje hasta la pared de la cabaña.

Esparcí las bellotas por el suelo y,

El camino hacia la ventana de los bandidos

aprovechando que el reno bajó la cabeza para comérselas, trepé a su grupa. El reno volvió a levantar la cabeza mientras masticaba las bellotas con satisfacción y yo empecé a trepar por su cuello para subir a su cornamenta. Fue tan fácil como trepar a un árbol. Una vez allí, me puse de puntillas y miré por la ventana al interior de la guarida de los bandidos.

Escuchando bajo el tejado

Podía oír las voces de los bandidos y el entrechocar de las jarras de cerveza, pero era difícil ver algo. Así que apoyé los codos en el quicio de la ventana, me impulsé hacia arriba y me metí por ella. Al otro lado había una enorme viga de madera, y avancé en silencio por ella hasta que llegué a unos postes que se perdían en la oscuridad del techo. Allí me agaché y observé. Justo debajo de mí, los ruidosos ladrones se encontraban sentados alrededor de una pesada mesa de madera, en medio de una habitación grande y sucia. Se felicitaban los unos a los otros y se daban fuertes palmadas a la espalda. En un extremo de la habitación había un viejo horno de leña y dos camastros ajustados contra la pared y con las sábanas revueltas. El suelo estaba lleno de piezas de ropa, restos de comida, viejos periódicos y carteles de SE BUSCA.

A la cabeza de la mesa se sentaba un hombre al que yo no había visto antes. Era un individuo enorme y de aspecto terrible, con una panza grande y redonda y un rostro carnoso. Una nariz larga y bulbosa le sobresalía por debajo de un antifaz negro que llevaba sobre los ojos, y un aro de oro le colgaba de una oreja. Era completamente calvo, y tenía el cráneo lleno de tatuajes. Evidentemente, debía de tratarse de Belcher, el jefe de los bandidos, y su aspecto era de lo más vil.

–No está mal, muchacho. No está nada mal –dijo, con una voz profunda y acaramelada mientras daba un puñetazo sobre la mesa–. Veamos qué tenemos aquí, y luego iremos a hablar con el pastor de renos.

Rebuscó entre un pequeño montón

¡Tiene unos ojos pequeños de cerdito, como los de los buscadores de trufas!

Belcher
Jefe de los bandidos

de monedas y monederos, pañuelos de seda y relojes de bolsillo. Cogió uno de los relojes y lo mordió.

—Muy bueno... si esto no es oro de dieciocho quilates, soy hijo de un malvado bandolero emboscado.

—¡Ay, carámbano! Pero ssi tú eress hijo de un malvado bandolero embosscado, jefe —dijo el bandido que tenía el acento peculiar.

—Sí lo soy, Ramón —sonrió el jefe—. Bueno, ¿qué es lo que tenemos aquí? —Cogió mi mochila y la vació sobre la mesa—. ¿Has sido tú quien ha robado esto, Compadre? —preguntó, mirando mis cosas con cara de desagrado.

—¡Jo! No jefe, es el botín de Emmett —dijo el bandido.

Era un joven desgarbado de pelo largo y estirado que mostraba una permanente mirada de sorpresa en el rostro.

—Ha vuelto a hacerlo de fábula, ¿eh? ¡Je, je!

—Emmett —vociferó el jefe—. Trae tu feo culo aquí.

Enseguida se abrió una puerta

Compadre

y el bandido que me había robado entró en la habitación. Parecía nervioso.

—¿Pasa algo, jefe?

—¿Qué te parece esto? ¡Un ovillo de cordel, una botella de agua, un cráneo de animal! ¡Esta porquería no nos sirve para nada! ¡Eres un bobo!

—Lo siento, jefe, pero ha sido una mañana especialmente mala. Solamente he encontrado a un chico, y esto es lo único que llevaba encima. Pero hay un buen cuchillo de caza, jefe. Si no lo quieres, quizá me lo podría quedar yo.

—¡Quita las manos de ahí! —gritó Belcher mientras se ajustaba mi cuchillo en su cinturón—. Me irá bien un cuchillo nuevo. Pon todo esto en la caja fuerte y ya decidiré qué hacer con ello después. Ahora quiero hablar del botín del día: ¡nuestro pastor de renos!

«¿Cómo demonios voy a sacar mi mochila de una caja fuerte? —me pregunté—. ¿Y por qué cree Belcher que Mamuk es un buen botín?»

Participo en la conversación

—Lo hemoss reconossido, jefe. Mamuk ess el líder de essa piojossa tribu de passtores de renos que viven en la tundra. Penssamos que puede tener el dinerro guardado en algún lugar —dijo Ramón—. Ssi lo tiene, tú lo desscubriráss.

–Oh, estoy seguro de que sí, chicos –repuso Belcher con una sonrisa de satisfacción en su grasiento rostro––. Un pajarito me ha dicho que nuestro amigo Mamuk y su tribu tienen un enorme tesoro escondido en las Montañas Nevadas. Nadie sabe dónde, pero me encantará arrancarle esa información.

El fofo jefe de los bandidos hizo crujir las articulaciones de los dedos de las manos con expresión de placer.

–¿Y entonces qué haremos, jefe? –preguntó Emmett.

–Bueno, pues entonces iremos a buscarlo, zoquete –respondió Belcher–. ¿Qué crees que vamos a hacer… llevarlo a casa gratis?

–Es que he pensado, jefe, que en lugar de caminar nosotros por esas desoladas Montañas Nevadas durante quién sabe cuánto tiempo, podríamos hacer que los amigos de Mamuk nos trajeran el tesoro aquí.

–¿Y cómo vamos a conseguir eso, estúpido? ¿Les escribimos una carta y les pedimos que tengan la amabilidad de traernos el tesoro hasta aquí?

–Exacto, jefe –dijo Emmet con expresión de estar muy satisfecho consigo mismo.

Todos los bandidos estallaron en carcajadas.

–¡Ay, carámbano! ¡Vaya un cabessa de chorlito! –se burló Ramón.

–Quiero decir que les mandamos una petición de rescate exigiéndoles el tesoro o, de lo

contrario, no volverán a ver a su jefe nunca más
—continuó Emmet.

Belcher, incapaz por un momento de
pronunciar palabra, miró con asombro a Emmet.

—¿Una petición de rescate? —dijo, por fin.

—Una petición de rescate, jefe.

—¡Avalanchas y vendavales! ¡Es una de las
mejores ideas que he tenido nunca!

—Bien pensado, jefe —dijeron Ramón y
Compadre.

—Sí, buena idea —suspiró Emmett, resignado.

—Pero, un momento. ¿Cómo vamos a enviar
la nota si no sabemos dónde está el escondite
de Mamuk? —preguntó el jefe Belcher
frunciendo el ceño con preocupación.

—Bueno, ponemos la nota en las alforjas
de uno de los renos y soltamos al animal.
Seguro que irá directamente a casa.

—Justo lo que había pensado —exclamó
Belcher, ufano—. Pero prefiero que alguien
vaya con el reno para asegurarme de que
la nota llega a su destino. No quiero estar
esperando aquí una semana y, al final, descubrir
que la nota se ha perdido por el camino. ¿Algún
voluntario?

Ninguno de los bandidos respondió.

—Lo preguntaré otra vez. ¿Algún voluntario?
¿Emmett? —dijo Belcher con voz amenazante.

—Oh, jefe —se quejó Emmett—. ¿Por qué
siempre me toca a mí?

Fue justo en ese momento cuando resbalé y, soltando un grito, caí sobre la mesa de los bandidos con un golpe estruendoso.

—¡*Aaaaay!* —exclamé, al tiempo que rebotaba en los tablones de la mesa.

—¿Qué está pasando? —bramó Belcher, poniéndose en pie de un salto.

Debo decir que se puso en pie muy deprisa por lo grandote que era. Me cogió por las solapas y me levantó hacia él.

—¿Quién eres tú y qué estás haciendo aquí, pequeño bribón? —gruñó el jefe de los bandidos con su voz profunda y acaramelada.

—Yo, esto… la mochila… —empecé a decir. Pero Belcher me estaba ahogando con una de sus enormes manazas—. ¡Aaaagh!

—Vamos, habla, chico, o te exprimiré como a una naranja.

—Me parece que no puede hablar, jefe —dijo Emmett—. Le está apretando demasiado el cuello.

—¿Ah, sí? —repuso el jefe, aflojando la mano solo un poco—. Bueno, ahora quiero respuestas.

—Es el chico al que robé —interrumpió Emmett—. Debe de habernos seguido hasta aquí.

—Y ahora sabe cuáles son nuestros planes —gruñó Belcher, y se puso tan rojo que pensé que esa cabezota grande y calva le iba a explotar—. Creo que voy a destrozarte y a lanzar tus pedazos a los buitres.

—O, mejor —interrumpió Emmett, después de soltar una tosecita con educación—, podemos hacer que sea él quien entregue la nota de rescate.

—¿Y cómo sabemos que lo hará?

—Bueno, parece que le tiene mucho cariño a esa mochila. Me dijo que en ella llevaba instrumentos vitales y, además, se ha tomado la molestia de seguirnos hasta aquí —reflexionó Emmett—. Quizá si le prometemos devolverle la mochila, hará ese pequeño encargo para nosotros.

Belcher continuaba apretándome el cuello y me miraba a los ojos con expresión de enojo, pero poco a poco se fue relajando hasta que me soltó. Caí sobre la mesa, tosiendo y casi sin poder respirar.

—Eso es justo lo que iba a decir —repuso el jefe—. ¿Tú qué dices, mequetrefe?

—De acuerdo —respondí con voz ahogada.

No parecía que tuviera otra alternativa.

—Bien dicho, porque, de lo contrario, te habríamos utilizado como combustible para el horno —dijo el jefe Belcher—. Ramón, ponlo en el cobertizo con el pastor de renos mientras escribo la nota de rescate. Compadre, pon el guiso a calentar. De tanto pensar me ha entrado un hambre de lobo.

Conozco a Mamuk

Ramón me sacó de la cabaña a la clara luz de la tarde. Aunque el sol brillaba con fuerza, todavía caían algunos copos de nieve y el aire era frío. Vi que en el otro extremo del Desfiladero Congelado se habían congregado unas cuantas nubes que tenían un color verdoso y oscuro.

—Parece que va a caer mucha nieve. Parece que te toca passar frío, mamarracho —dijo Ramón mientras abría la puerta de un pequeño cobertizo que se encontraba al otro lado de la cabaña. El bandido me hizo entrar de un empujón y caí justo encima del pastor de renos—. No oss vayáiss a ninguna parte —rio Ramón cerrando la puerta.

El cobertizo quedó en penumbra.

—Lo siento, Mamuk —le dije al pastor de renos mientras me ponía en pie.

Era un hombre sorprendentemente bajito, no más alto que yo, pero no le podía ver bien porque la capucha que llevaba puesta le cubría la cara. Me sentí como si estuviera hablando con un fantasma encapuchado y sin cabeza. ¡Era realmente espeluznante!

—¿Qué está pasando? ¿Tú quién eres? —preguntó la capucha sin cabeza.

—Soy Charlie Small. Te he estado buscando, Mamuk. Vi que los bandidos te hacían prisionero; a mí también me robaron, así que los seguí hasta

aquí para intentar recuperar mi mochila
y rescatarte. Por desgracia, esos payasos me
han pillado.

—¿Por qué me buscabas?

—El pueblo arbóreo me dijo
que quizá pudieras decirme
dónde está la fábrica de
mi amigo Jakeman
—expliqué—. Pero te
hubiera intentado
rescatar de todas
formas, de verdad.

—¿Y por qué quieres
ir a la fábrica de
Jakeman?

—Es un viejo amigo y
he quedado con él en que
nos encontraríamos allí. Va
a decirme cómo puedo regresar a mi casa. Mira,
me dio este mapa.

Saqué el arrugado mapa de entre las páginas de
este diario y se lo enseñé al desconfiado pastor
de renos.

—¿De verdad? —preguntó Mamuk.

Mamuk cogió el mapa y se quitó la capucha,
así que por fin pude verle el rostro. Mientras
observaba el mapa, unas pequeñas arrugas
rodearon sus ojos rasgados y amistosos, y sonrió
ampliamente. Empezó a reír para sus adentros
y su puntiaguda barba vibró ligeramente.

Era realmente espeluznante

–¡Ho, ho! Claro que conozco a Jakeman. Un tipo curioso, pero es un inventor muy inteligente. Puedo indicarte el camino, Charlie, pero primero tenemos que salir de este terrible atolladero. ¿Tienes idea de qué quieren de mí estos salvajes bandidos?

–Tu tesoro –respondí, aunque al ver las ajadas ropas que llevaba parecía absurdo sugerir que Mamuk tuviera nada de dinero, por no hablar ya de un fabuloso tesoro–. Sé que es de locos, pero Belcher cree que tienes una fortuna escondida en algún lugar de las Montañas Nevadas. Los bandidos quieren que yo entregue una nota de rescate a tu gente en la que piden ese tesoro a cambio de tu libertad.

–¡Oh, colas de pez congeladas! Así que han oído hablar de mi maravilloso tesoro, ¿no es así? –exclamó Mamuk, y volvió a reír.

Lo miré con asombro.

–¿Tienes un tesoro? –pregunté sin poder creerlo.

—Bueno, una especie de tesoro —rio el alegre pastor de renos—. Pero esos percebes no pondrán sus manos en él, de ninguna de las maneras. Mira, Charlie, tengo que estar en casa antes de mañana a medianoche. ¡No sabes lo importante que es! Necesito tu ayuda desesperadamente para salir de aquí. Cuando esté en casa, me ocuparé de que llegues a la fábrica de Jakeman.

—No hay problema. ¿Qué quieres que haga? —pregunté.

—Haz lo que te digan esa panda de chorlitos. Lleva esa absurda nota de rescate a mi escondite de las Montañas Nevadas. *Rudy* te mostrará el camino.

—¿Quién es *Rudy*?

—Es el jefe de mi manada de renos. Es el reno más grande, más fuerte y más rápido de todo el Gélido Norte. Cuando llegues, pregunta por Arnuq y dale mi contraseña… Eso demostrará que confío en ti —dijo Mamuk.

—De acuerdo —asentí. Ya empezaba a sentirme excitado—. ¿Cuál es?

—¿El qué?

—¡La contraseña!

—¡Ho, ho! ¡Por supuesto! La contraseña es: «Los renos vuelan a medianoche».

—«Los renos vuelan a medianoche» —repetí.

—Exacto —dijo el pastor de renos sonriendo—. Cuéntale a Arnuq lo que ha sucedido; ella sabrá qué hacer. Tiene que sacarme de aquí enseguida.

—Pero cuando hayan pagado el rescate, los bribones te soltarán de todas maneras —argumenté.

—¡Ho, ho! ¿No te lo habrás creído, verdad? —exclamó Mamuk, riéndose—. No puedes fiarte de esas retorcidas serpientes, Charlie. Además, cuando descubran en qué consiste mi tesoro, no me sorprendería que me colgaran del palo más cercano.

—¿Por qué? ¿En qué consiste tu fabuloso tesoro?

—Oh, ya lo verás cuando llegues a mi escondite. Asegúrate de que Arnuq esté aquí antes de mañana a medianoche.

—¿Por qué es tan importante mañana por la noche? —pregunté.

—¡Colas de pez congeladas! ¿Es que no sabes qué fecha será? ¿No te das cuenta de quién soy? ¡Ho, ho! ¡Si los bandidos lo supieran, me pedirían los tesoros de todas las casas del país!

—No tengo ni idea de qué fecha será mañana, pero sé que eres Mamuk, el jefe de los pastores de renos.

—Sí, Charlie, pero también se me conoce como…

Justo en ese momento se abrió la puerta del cobertizo. Compadre había llegado.

—Vamos, gusano, el jefe te espera —dijo, empujándome fuera.

—Buena suerte, Charlie —dijo Mamuk—. No olvides…

Pero Compadre cerró la puerta de golpe y no oí nada más.

Cabalgando sobre un reno hacia las Montañas Nevadas

Compadre me llevó hasta la cabaña, donde encontré a Belcher repantigado en un enorme sillón de madera tallada. Me dio un trozo de papel doblado.

—Lleva esto a la gente de Mamuk. Diles que queremos hacer un trato. Si no hacen lo que dice la nota, enterraremos a su jefe en la nieve a tal profundidad que nunca lo encontrarán, y la sangre se le congelará en las venas. ¡Jee, jee!

—¿Y qué hay de mi mochila? —pregunté.

—Te estará esperando al pie del pino solitario. Tienes que llevar el tesoro allí. Si nos haces alguna jugarreta y ese apestoso y viejo pastor escapa, tu asquerosa mochila será destruida y te perseguiremos hasta cazarte y te cortaremos en dos. ¿Comprendido?

—Comprendido —asentí,
tragando saliva.

—Bien. Ahora come un
poco de esto, mequetrefe.
Te espera un largo
viaje y no queremos que te
desmayes de hambre por
el camino.

A quien pueda interesar

Belcher me dio un cuenco
de guiso y yo lo engullí por completo. Era fuerte y
picante, y estaba delicioso. Me hizo
entrar en calor de pies (que los tenía helados)
a cabeza.

En cuanto hube terminado, los bandidos
me dieron un abrigo hecho con unas gruesas
pieles de animal y me llevaron al corral.

—Coge uno de los renos —ordenó
Belcher—. Seguro que saben cómo
ir a casa de Mamuk. Y recuerda:
cualquier jugarreta y empezaré
a arrancar mollejas, y la tuya
será una de ellas.

—Me llevaré a este —dije.

Trepé a la valla de madera y
salté al lomo del más grande
de los renos. Era el mismo animal
que me había ayudado a trepar
hasta la ventana y, por la
descripción de Mamuk, estaba
seguro de que se trataba de *Rudy*.

¡Un guiso muy delicioso!

—Como quieras —repuso Belcher mientras abría la puerta del corral.

Me agarré a la cornamenta de *Rudy* y el animal agitó la orgullosa cabeza mientras salía al trote del corral.

—¡Y ahora, en marcha! —gritó el jefe de los bandidos, dando una palmada en la grupa del animal. El reno dio un salto hacia delante, soltó un bramido y arrancó a correr por la nieve.

—¡A casa, *Rudy*! —grité, sujetándome con todas mis fuerzas—. ¡Llévame a tu casa!

Era mucho más fácil montar a ese reno a pesar de sus resoplidos constantes que al saltapantanos, y además no tenía que molestarme en conducirlo porque era evidente que sabía adónde iba. Galopamos subiendo la cuesta del desfiladero, bajamos por la estrecha falla y entramos en el bosque de pinos. Sin desfallecer y sin bajar la velocidad, *Rudy* corrió hasta que salimos al amplio y nevado valle donde el bandido me había robado la mochila y, a partir de ahí, continuamos subiendo por un sendero estrecho y pronunciado que bordeaba el precipicio del extremo más alejado del desfiladero.

Llegamos arriba y cruzamos a toda velocidad una llanura escarchada y sin árboles que estaba cubierta de musgo. En el cielo, unas nubes amarillentas cubrieron el cielo y empezaron a girar sobre nuestra cabeza. Pronto empezaron a caer unos enormes copos de nieve, tan grandes como platos de postre, que me daban en la cara y me la mojaban por completo. ¡Brrr, qué frío hacía! Menos mal que llevaba ese grueso abrigo de pieles.*Rudy* bajó la cabeza y aumentó la velocidad. De la nariz le salían unas grandes ráfagas de vaho. Yo me agarraba a él con fuerza porque tenía miedo de resbalar de su peludo lomo, pero enseguida tuve tanto frío que mis manos se congelaron cogidas a su cornamenta, como si hubieran quedado soldadas, y ningún huracán del mundo podría haberme arrancado de allí.

Me castañeteaban los dientes y de mi nariz pendía una enorme estalactita de hielo. El sol empezó a oscurecerse mientras cabalgábamos por la tundra. «¿Cuánto tiempo va a durar esta carrera? —me pregunté—. Pronto llegará la noche y entonces hará frío de verdad.» Justo cuando ese pensamiento pasó por mi cabeza, el sol desapareció en el horizonte y el paisaje quedó sumido en una repentina oscuridad.

¡Guuu-puii!

Continuamos viajando. No se veía gran cosa a mi alrededor, pero al cabo de poco me di cuenta de que subíamos por una cuesta muy empinada. De vez en cuando oía el golpeteo de piedras que se soltaban bajo las pezuñas de *Rudy* y que caían en el silencio mullido de la nieve. Delante de mí se distinguían dos picos enormes que se recortaban contra el oscuro y aterciopelado cielo, y supe que, por fin, habíamos llegado a las Montañas Nevadas.

Rudy trepó por esa ladera rocosa sin trastabillar ni un momento: saltaba las profundas grietas en los puntos en que el terreno había cedido, y saltaba de roca en roca para salvar los tramos en que debíamos subir casi en vertical.

Finalmente el reno empezó a reducir la velocidad al medio galope y, después, al trote. Nos encontrábamos en un sendero que bordeaba el abismo siguiendo una pared montañosa en la cual aparecían muchas bocas de cueva. De repente, *Rudy* se metió dentro de una de ellas y penetramos en las profundidades de la montaña nevada. Llegamos al final de esa cueva, oscura y lúgubre, y nos encontramos delante de un muro de piedra. Allí, *Rudy* se detuvo y, levantando la cabeza, bramó tres veces.

Oí un extraño zumbido procedente de detrás del muro de piedra que me recordó a los maravillosos bichos luminosos que había encontrado en el Mundo Subterráneo.

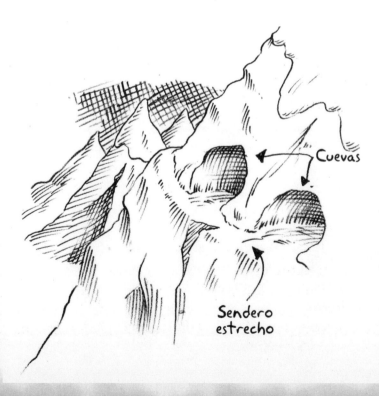

Cuevas

Sendero estrecho

De repente, con un agudo chirrido como el de unos frenos de camión, en el muro se abrió una puerta invisible y un haz de luz atravesó el suelo de la cueva. Una mujer bajita y vestida igual que Mamuk entró. Me miró y empezó a gritar:

—¡Centinelas, hay un intruso! ¡Venid, deprisa! ¡Centinelas!

Por la pequeña puerta aparecieron una docena de hombres que me rodearon de inmediato y me apuntaron con unas lanzas largas y afiladas.

«Oh, fantástico —pensé—. ¡Primero me capturan los bandidos, y ahora la tribu de Mamuk me hace prisionero!»

Arnua

—¡No muevas ni un músculo, o mis centinelas te atravesarán con sus lanzas! —me amenazó la mujer con gran nerviosismo. Era muy mayor y tenía la cara llena de arrugas. Sus ojos eran igual de oscuros y rasgados que los de su jefe.

—¡No me moveré, lo prometo! —dije.

Quizá esa mujer fuera mayor y estuviera muy nerviosa, pero parecía completamente decidida.

—Bien —repuso—. ¿Quién eres?

¿Cómo es que has montado a *Rudy*, y dónde demonios está Mamuk?

—Me llamo Charlie Small y he venido a entregar esto —respondí mientras soltaba la cornamenta de *Rudy* y buscaba en mi bolsillo la nota de rescate—. Me dijeron que diera esta nota a alguien que se llama Arnuq. Una pandilla de bandidos tiene retenido a Mamuk y quieren que entreguéis su tesoro a cambio de su libertad.

—Yo soy Arnuq —dijo la mujer en tono severo y arrancándome la nota de la mano.

La desdobló y la leyó con atención. Desde donde me encontraba, a lomos de *Rudy*, podía ver la nota con absoluta claridad. ¡La escritura era muy mala y la ortografía de Belcher era horrible! Decía lo siguiente:

A la jente de los Renos
del norte de la Tundra

Tenemos a MamUK
prisionero. Lo aremos
papiya conjelada si no aséis
ecsactamente lo que
desimos. ¡Queremos vuestro
favuloso tesoro! Yebadlo
al pino solitario al final
del Desfiladero Conjelado
mañana a las 6.00 en
punto. ¡Nada de jugarretas
o MamUK se la carga!

Atentamente.

Belcher
Jefe de los Bandidos Salvajes

—¿Qué demonios os hace pensar que tenemos un tesoro? —preguntó Arnuq, mirándome con el ceño fruncido.

—¡No soy yo, son los bandidos! —exclamé.

—¿Cómo sé que tú no eres un bandido? —repuso, cortante—. Desde luego, lo pareces. ¿Por qué no debería encerrarte en algún sitio y tirar la llave a la basura?

Los centinelas empezaron a pincharme con sus lanzas.

—¡Bandido! ¡Bandido! —empezaron a cantar con sorna.

—¡Ay! —grité. Empezaba a sentir pánico—. Dejadme. —¡Empezaba a pensar que hubiera sido mejor quedarme con los bandidos! Y entonces recordé la contraseña de Mamuk—: «¡Los renos vuelan a medianoche! —grité. Mamuk me dijo que os dijera «los renos vuelan a medianoche».

Lanzas

—Vaya, ¿por qué no lo has dicho antes, Charlie? —dijo Arnuq, dirigiéndome una amplia y luminosa sonrisa—. Ahora sabemos que eres amigo de Mamuk. Ven —añadió, dando una palmada igual que hace mi abuelita cuando quiere que me apresure—. Tenemos que prepararnos para ir a rescatar a Mamuk.

—Mamuk dijo que no tenéis que hacer caso a los bandidos. No cree que lo suelten cuando tengan el tesoro —advertí.

–¡No, querido! No es nada probable que lo hagan, ¡y además no tenemos ninguno! Me temo que tendremos que prepararnos para luchar si queremos liberar a Mamuk.

«¡Luchar!», pensé. Eso era preocupante; nadie me había dicho que tendría que luchar.

–Pero Mamuk me dijo que teníais una especie de tesoro –dije sin aliento.

–Sí, una especie de tesoro; pero no es un tesoro que pueda gustar a ese puñado de bandidos sedientos de sangre –respondió Arnuq–. Date prisa, querido, y te lo enseñaré –añadió, dando otra palmada con las manos.

Salté del lomo de *Rudy* con gran dificultad. Tenía las piernas entumecidas y me costó caminar detrás de Arnuq y de los centinelas. Cruzamos la puerta de piedra y bajamos por un pasillo iluminado por velas. Al final del mismo encontramos otra puerta, que los centinelas abrieron empujando con mucha fuerza, y salimos a una gran plataforma de piedra que daba a una enorme sala. Lo que vi allí abajo me dejó sin aliento.

–Bienvenido a nuestra fabulosa gruta.

La gruta maravillosa

La sala estaba repleta de máquinas de todos los tamaños, formas y colores. El estruendo de golpes, chirridos y silbidos lo llenaba todo.

La gente de Mamuk, todos vestidos con pieles, se afanaba de un lugar a otro izando palancas, trasladando cajas y ajustando ruedecitas.

—¿Qué están haciendo? ¿Qué están fabricando? —pregunté. Y entonces empecé a comprender lo que sucedía en medio de esa confusión general y me quedé sin respiración—: ¡Juguetes! —exclamé—. ¡Están fabricando juguetes!

De cada máquina salía una larga hilera de juguetes distintos. Había consolas, muñecas, patinetes, monopatines, bicicletas, libros, globos terráqueos y trenes de juguete. Cualquier cosa que podáis haber deseado salía de alguna de esas máquinas. ¡No me lo podía creer!

—Sí, querido —sonrió Arnuq—. Y este es nuestro gran tesoro. No creo que les guste mucho a los bandidos, ¿verdad?

—No creo. Imagino que están esperando un montón de oro —repuse. Me imaginaba a esos bandidos abriendo el cofre y que lo encontraran lleno de muñecas y cajas de golosinas. ¡No se alegrarían mucho!—. Pero ¿por qué fabricáis todos estos juguetes?

—Para mañana por la noche, tonto —respondió Arnuq, llevándose las manos al pecho y mirando la gruta con unos ojos brillantes y alegres.

—¿Y por qué es tan importante mañana por la noche? Mamuk también lo decía todo el rato.

—Oh, Charlie —dijo Arnuq; se acercó a un tablón de corcho, desenganchó un calendario y me lo dio—: Mañana es esta fecha de aquí. ¿No te suena, querido?

Miré la fecha que Arnuq señalaba con el dedo.

—El veinticuatro de diciembre —dije—. ¡Es Nochebuena! Pero ¿por qué es tan importante para Mamuk?

Arnuq me miró, pero no dijo ni una palabra. Yo miré hacia la frenética actividad que se llevaba a cabo en la gruta y me sentí confundido. De repente, me di cuenta. «¡Oh, Charlie, qué tonto! Claro: renos y trineos, juguetes y Nochebuena. ¡Rayos y centellas!»

—Eso significa que Mamuk debe de ser…

—Ssh —advirtió Arnuq, llevándose el índice a los labios—. Ahora ya sabes por qué es tan importante que él quede libre antes de mañana a medianoche.

—¡Por supuesto! —exclamé.

No me lo podía creer. Iba a participar en una misión para salvar la Navidad de todos los niños del mundo. Era la misión más importante de todas. ¡Ahora sí estaba preparado para luchar y liberar a Mamuk!

—Pero los bandidos no estarán muy contentos si aparecemos con un trineo lleno de ositos de peluche —dijo Arnuq—. Y si aparecemos sin nada, tendremos problemas de verdad.

—Entonces, ¿qué vamos a hacer?

—Vamos a echar un vistazo ahí abajo, querido; ¡quizá nos venga la inspiración!

El tesoro de la gruta

Arnuq y yo bajamos a la gruta por unos empinados escalones de metal. El ruido era cada vez más fuerte y al final teníamos que hablar a gritos para poder oírnos en medio del estruendo de todos esos pistones, engranajes y silbatos.

Caminamos por pasillos de máquinas pintadas de brillantes colores de arlequín, y zigzagueamos entre los trabajadores que se apresuraban arriba y abajo. Al ver esa superabundancia de increíbles juguetes me pregunté de qué forma los podríamos utilizar como tesoro para el rescate.

Pasé al lado de patines, camas elásticas, peonzas y aviones con control remoto: eran cosas fantásticas, pero los bandidos estaban más interesados en el oro y los billetes, ¡y en grandes cantidades! Pero ¡entonces vi una cosa que me dio una idea!

De una de las máquinas salían caramelos, piruletas, tofes y adoquines de todos los colores del arcoíris. Caían de un tubo en espiral que los lanzaba dentro de unas cajas rayadas que pasaban sobre una cinta de transporte.

Brillaban como si estuvieran hechos de cristal puro. Al lado de la máquina había un trabajador que hacía girar una rueda y, cada vez que lo hacía, la forma del caramelo cambiaba.

Corrí hasta la máquina y observé el proceso con atención. Imaginaos la sorpresa que tuve al ver una chapa ovalada en la máquina que decía:

Máquina de Fabricar caramelos de Jakeman

MÁQUINA
DE FABRICAR CARAMELOS DE
JAKEMAN
EDICIÓN ESPECIAL
¡MEZCLA, CUECE Y DA FORMA!
*

«El bueno de Jakeman —pensé—.
¡Sus maravillas mecánicas llegan a todas partes!»

—¿Podría hacer caramelos con forma de
diamante? —pregunté.

—Claro que sí: de cualquier forma
que quieras —dijo el fabricante de caramelos,
y puso la ruedecita en el número cuatro.

La forma de los caramelos cambió de
inmediato: ahora, del tubo salían unas
pastillas con una forma de diamante perfecta.
Parecían rubís de un profundo color rojo,
verdísimas esmeraldas y brillantes zafiros.

—¡Este es nuestro tesoro! —le dije a Arnuq.

—Perfecto —sonrió ella—. Podemos añadir
unos cuantos de estos también —dijo, mientras
metía los brazos en un contenedor cercano
y sacaba un montón de grandes monedas
doradas—. ¡Chocolate! —exclamó, y estalló
en carcajadas.

131

Arnuq pidió a uno de los trabajadores que pintara una gran caja de juguetes como si fuera un cofre y, al cabo de poco tiempo, ya la estábamos llenando con nuestro tesoro. Luego Arnuq me llevó hasta una hilera de tubos negros que parecían cañerías.

—Tendríamos que llevarnos alguno de estos, Charlie, por si tenemos algún problema.

—¿Qué son?

—Bueno, son juguetes, pero pueden sernos útiles. Sirven para lanzar bolas de nieve con mucha fuerza; ¡los llamamos bazucas! Toma, pruébalo.

Arnuq le dijo algo en voz baja a uno de los jóvenes trabajadores y luego dio una palmada. El chico corrió escaleras arriba y salió por la puerta de piedra. Pronto regresó con un cubo lleno de nieve.

Entonces Arnuq cogió uno de los tubos de la hilera y me lo colocó encima del hombro. Luego abrió un pequeño compartimento que había en el tubo y lo llenó con un poco de nieve.

—Prueba a darle a ese gran oso de peluche que hay en ese estante de ahí, querido. Apunta por aquí —indicó, levantando una mirilla parecida a la que había en el saltapantanos.

Apunté con cuidado y apreté el gatillo.

¡BLAM! La bazuca lanzó una bola de nieve a cien kilómetros por hora y el pobre osito de peluche salió volando en medio de una explosión de nieve y aterrizó en el otro extremo de la gruta.

¡Blam!

—Se pueden disparar seis bolas. ¿Qué te parece?
—¡Perfecto! —sonreí.

Un sueño corto

Todo está preparado para la tarea que nos espera. Ya ha amanecido; Arnuq ha cargado el cofre del tesoro en la parte trasera del trineo de carreras, y *Rudy* y otro de los renos están preparados para llevarnos. Me sorprendí al saber que solo Arnuq y yo íbamos a llevar a cabo la misión de rescate.

—¿Por qué no llevamos a los centinelas o a un ejército de trabajadores con nosotros? Entonces podríamos vencer a los bandidos con mayor facilidad.

—Los centinelas deben quedarse aquí para vigilar la montaña y los demás están demasiado ocupados: solamente les queda un día para terminar los pedidos. No, debemos ir solos. Pero no te preocupes, Charlie: todo irá bien. ¡Seguro que seremos capaces de vencer a un puñado de bandidos salvajes!

Yo no me sentía tan seguro. ¿No era Arnuq un poco demasiado mayor y nerviosa para llevar a cabo una peligrosa misión de rescate?

Ella debió de adivinar lo que estaba pensando, porque sonrió y dijo:

—No te preocupes, querido. Soy mucho más fuerte de lo que parezco. Fui la campeona de caza de focas de la tribu.

«Sí —pensé—. Pero ¿cuánto tiempo hace de eso?»

Ahora me encuentro en la zona de la montaña donde viven Mamuk y su gente. Arnuq ha insistido en que duerma un poco antes de que regresemos, y tengo que decir que estoy completamente destrozado. Al lado de la gruta de juguetes hay una ciudad llena de apartamentos tallados en la roca alrededor de una gran sala de piedra. Unas grandes galerías rodean la sala por todos los lados y a ellas se llega con unos ascensores de cristal tubulares. Ahora me encuentro en una habitación del piso superior, en la cama, bajo una gruesa manta de piel.

He estado ocupado escribiendo estas últimas e increíbles aventuras en el diario, pero ahora tengo que dormir un poco. Estoy agotado, ¡y mañana Arnuq y yo tenemos que intentar salvar la Navidad!

¡El despegue!

Cuando me levanté y tomé el desayuno ya era muy tarde por la mañana. Teníamos prisa.

–¿Has descansado? –preguntó Arnuq–. Bien, entonces, en marcha.

Me condujo hasta uno de los ascensores de cristal, que nos llevó abajo, abajo, abajo, hasta el mismo pie de la montaña, y allí entramos en una inmensa sala.

–Es la sala de despegue –explicó Arnuq.

Señaló a *Rudy* y a su compañero, que ya estaban enganchados del arnés al trineo de carreras. Los animales mordisqueaban el arnés y daban patadas en el suelo, ansiosos por partir. Delante de ellos se abría la boca de un túnel.

El trineo era fantástico: parecía un coche de carreras, liso y bajo, y tenía forma de misil. Esperé mientras Arnuq cogía un gran cuerno de caza circular que colgaba de un gancho de la pared.

Forma aerodinámica

Parabrisas

Asientos cómodos

riendas

Tesoro en la par trasera

2

T r u e n o

El trineo de carreras

patines superveloces

—¿Para qué es eso? —pregunté.

—Oh, solo por si hay problemas, querido —fue su misteriosa respuesta.

Arnuq comprobó que el cofre del tesoro estuviera bien cargado en la parte trasera del trineo y amontonó las bazucas, cargadas, en uno de los laterales. Luego se sentó en el asiento del conductor y yo subí al asiento de detrás.

—Ponte el cinturón de seguridad, Charlie. No queremos tener un accidente —dijo Arnuq girando un poco la cabeza, y yo me abroché el cinturón. Entonces Arnuq hizo restallar el látigo y gritó—: ¡Adelante, *Rudy*. Adelante, *Donner*!

Y salimos disparados como una bala.

—¡*Aaaargh!* —grité mientras avanzábamos a una velocidad espeluznante por el túnel, deslizándonos sobre su supersuave suelo de hielo.

Las paredes del túnel pasaban por mi lado como una mancha borrosa.

—¡Socorro! —grité al ver que el suelo empezaba a levantarse al acercarse a la salida—. ¡Uau!

Salimos disparados de la montaña y dibujamos un gran arco en el cielo.

—¡Estamos volando! —grité—. Estoy volando de verdad en un trineo. *¡Yupiii!*

Entonces, con un fuerte golpe, caímos al suelo y continuamos avanzando a toda velocidad por un amplio camino que serpenteaba entre los dos altos picos de las montañas.

—Oh, creí que habíamos despegado —dije, sin aliento—. ¡Pensé que estos renos podrían volar!

—La verdad es que esa sí es nuestra rampa de despegue —dijo Arnuq sonriendo—. Y los animales de Mamuk pueden volar (si no fuera así, no podría terminar su trabajo), pero no hasta Nochebuena. ¡Es entonces cuando la magia empieza!

Arnuq hizo restallar las riendas y *Rudy* y *Donner* aumentaron la velocidad. Cruzamos la cadena de montañas con gran rapidez y salimos a la tundra.

La cita en el pino solitario

Ya eran casi las seis en punto cuando *Rudy* condujo el trineo de carreras por la estrecha entrada del Desfiladero Congelado. Avanzamos a toda velocidad por el sinuoso valle hasta que este se hizo más ancho y vimos el pino solitario delante de nosotros. De la chimenea de la cabaña de los bandidos, al final de la pendiente cubierta por la nieve, salía una fina columna de humo. Arnuq hizo detener el trineo a poca distancia del árbol.

Mientras bajábamos del trineo, tres figuras salieron de detrás del pino: Belcher, Ramón... y sí, también estaba el pequeño Mamuk, que llevaba el rostro totalmente oculto por la capucha de su abrigo. Me sorprendió: los bandidos habían mantenido su parte del trato. Deseé que nuestro tesoro falso los engañara el tiempo suficiente para que pudiéramos escapar. Tanto Belcher como Ramón tenían las pistolas preparadas, pero las apuntaban al suelo.

—Habéis llegado a tiempo —gruñó Belcher, consultando un reloj de bolsillo muy ornamentado—. Aquí está vuestro querido jefe. ¿Tenéis el tesoro?

—Lo llevamos en la parte trasera del trineo —dijo Arnuq con nerviosismo.

Se la veía pequeña y vulnerable en comparación con el gran jefe de los bandidos, y volví a preguntarme si Arnuq podría hacer frente a esa misión de rescate.

—Entonces sacadlo de allí para que pueda echarle un vistazo —dijo Belcher con expresión de codicia—. Y no quiero trampas, o mandaré de un tiro a este pastor peludo al otro lado de las montañas —añadió, apuntando a la pequeña figura que tenía a su lado.

Mamuk no hizo ningún gesto de nerviosismo: permanecía de pie en una completa inmovilidad.

Descargamos el pesado cofre del trineo, que parecía dar el pego, y lo arrastramos hasta el centro del espacio que había entre nosotros y los bandidos.

—Levantad la tapa y veamos qué habéis traído. Si me parece que hay un botín suficiente, haremos el intercambio.

Levanté la tapa de nuestra caja de juguetes y la montaña de caramelos y de chocolate envuelto en papel dorado brilló a la luz de la tarde. Belcher avanzó con una actitud ansiosa; en cuanto vio el deseado tesoro, pareció que los ojos iban a salírsele de las órbitas.

—Bien. Da unos cuantos pasos hacia atrás —dijo—. Más, más. No me fío de ti ni un pelo. Vale, así está bien.

Belcher corrió hasta el cofre, cayó de rodillas y contempló con expresión satisfecha el brillante contenido.

Metió una mano dentro y sacó unos cuantos rubís con sabor a frambuesa.

—¡Maravilloso! —exclamó—. Vale, ahora podéis iros. —Hizo un gesto con la pistola—. Vamos, perdeos. ¡Ándale!

—¿Y qué hay de Mamuk? No lo dejaremos aquí con vosotros, ¿sabes? —dijo Arnuq, retorciéndose las manos y acercándose muy despacio al trineo.

—Sí, ¿y dónde está mi mochila…? Un momento, ¿qué está pasando?

La figura bajita de Mamuk había empezado a crecer y, mientras lo hacía, se quitó la capucha y tiró el abrigo al suelo. No era Mamuk, era Compadre. Había estado agachado todo el rato bajo el abrigo de Mamuk. ¡Qué jugarreta tan sucia!

—Sois unos traidores y unos tramposos —grité—. ¡Esto no es justo!

—¿Y qué esperabas? —se burló Belcher, mientras levantaba un puñado de monedas y las dejaba caer dentro del cofre otra vez—. ¡Somos bandidos, ya lo sabes! Hemos decidido que nos quedaremos con Mamuk un tiempo más: nuestro escondite necesita una limpieza, y estoy seguro de que hay un millón de trabajitos más que podrá hacer para nosotros. ¡De todas formas, cuando nos hayamos gastado esto de aquí, quizá os pidamos más!

–Disculpa, jefe –interrumpió Compadre–, pero no tintinean mucho.

–¿De qué estás hablando? –preguntó Belcher con cara de exasperación.

–Las monedas… no tintinean mucho, jefe.

Belcher se quedó helado. Entonces frunció el ceño y arrugó la gorda y grasienta cara. Cogió una moneda y la mordió.

–¡Oh, diantre! Ya está. Coge las bazucas –susurró Arnuq.

–¡*Puaj!* –bramó Belcher mientras yo llegaba al trineo–. Pero ¡si son monedas de chocolate!

–Oh, genial; me encanta el chocolate –exclamó Compadre, metiendo las manos en el cofre.

–Este tesoro es falso. Vosotros sois los tramposos y los traidores –gritó Belcher.

–Ah, no resulta tan divertido cuando lo son los demás, ¿verdad? –repuse yo.

El jefe de los bandidos me apuntó con su pistola, y en ese preciso instante yo

Pero ¡si son monedas de chocolate!

saqué la bazuca del trineo y disparé apoyándola en la cadera.

¡*BLAM!* La bola de nieve explotó contra la mano de Belcher, la pistola salió volando por el aire y fue a caer sobre la nieve. El bandido se tiró al suelo, maldiciendo y rebuscando entre la nieve. Arnuq disparó su bazuca: ¡*BLAM!* La bola de nieve levantó a Ramón del suelo y lo mandó contra el tronco del pino solitario.

¡Después de chocar contra él, Ramón resbaló hasta el suelo y se quedó allí quieto y completamente aturdido!

¡*BLAM!* Le di a Compadre en la barriga justo en el momento en que se inclinaba sobre el cofre y se metía un montón de monedas de chocolate en la boca.

¡La bola de nieve también lo lanzó por los aires y luego cayó por la pendiente dando volteretas!

—¡Al trineo! —gritó Arnuq—. ¡Adelante, *Rudy*. Adelante, *Donner*!

Saltamos al trineo, que ya había empezado a avanzar, mientras los bandidos se ponían en pie y corrían hacia sus caballos.

—Vamos hacia esa ladera de allí —grité, señalando hacia la cumbre de la colina, en el otro extremo del desfiladero, que estaba cubierta por una gruesa capa de nieve—. ¡Tengo una idea!

—Vale, Charlie —asintió Arnuq, mientras hacía chasquear las riendas—. ¡Adelante, chicos, adelante!

Aludes y bolas de nieve

Rudy y *Donner* corrieron como balas por la nieve del camino, flanqueado por las dos empinadas laderas del desfiladero.

—Ha llegado el momento de llamar a los refuerzos —gritó Arnuq, y emitió una larga y triste nota con el cuerno de caza.

Miré a mi alrededor, pensando que vería un ejército de pastores aparecer como por arte de magia en el desfiladero… pero ¡no sucedió nada en absoluto! Estaba a punto de preguntarle qué era lo que se suponía que iba a suceder, cuando oí el ruido amortiguado de los cascos de los caballos de los bandidos sobre la nieve. Ya nos estábamos acercando al pie de los nevados picos y los bandidos se encontraban solamente a unos doscientos metros de distancia. Disparé un par de bolas a nuestros perseguidores.

—Allí –grité.

Arnuq condujo los renos hasta la cima de la colina y, al llegar, salté del trineo con la bazuca y me tiré al suelo.

—Intenta cubrirme –le dije, mientras cargaba la bazuca con munición fresca.

Arnuq se tiró al suelo a mi lado y empezó a disparar bolas de nieve a los bandidos, que se estaban acercando. Era fantástica: ¡no cabía duda de que era la mejor cazadora de focas de su tribu!

¡Blam! ¡Blam! ¡Blam! Arnuk disparaba una y otra vez, y los bandidos se vieron obligados a detenerse y a echarse al suelo detrás de un saliente de nieve que había al pie de la colina. *¡Bang!* Empezaron a disparar sus pistolas. Por suerte, sus armas solo podían disparar una vez antes de volver a ser cargadas, y tardaban un poco en hacerlo.

¡Blam! Arnuq volvía a disparar. *¡Bang!*, respondieron los bandidos. Mientras recargaban sus pistolas, salí al descubierto, apunté hacia la cima del precipicio con la bazuca y volví a disparar.

—¡Ja, ja! Ha sido un disparo un poco alto –gritó Belcher, y *¡bang!*, volvió a disparar.

—Por favor, que funcione –supliqué en voz alta mientras me tumbaba al lado de Arnuq.

—¿Qué? –preguntó ella.

Y justo en ese momento oímos un estruendo profundo y atronador. Levanté la mirada hacia

Un enorme montón de nieve se precipitó hacia el suelo.

la cima del
precipicio y vi
que un enorme
montón de
nieve, que se había
soltado a causa de
mi disparo, se separaba
de la montaña y se
precipitaba hacia el suelo.

—¡Tumbos y volteretas!
¡Cuidado con las cabezas! —exclamaron los
bandidos.

Pero fue demasiado tarde: la avalancha les
cayó encima con un poderoso *¡crash!* y quedaron
enterrados bajo la nieve.

—Muy bien hecho, querido —dijo Arnuq con
una gran sonrisa en su rostro redondo—. Temía
que fueras demasiado pequeño para esta aventura.

—¡Y yo creía que tú eras demasiado mayor para ella!

—¡Pingüinos pútridos! ¡Qué cara!
—rio Arnuq—. Y ahora, vamos a buscar a Mamuk.

—Espera un momento —advertí—. Hay otro bandido que se llama Emmett; debe de estar vigilando a Mamuk. Vamos a darle una sorpresa.

Me tumbé sobre la nieve y, apuntando con mucho cuidado al cuerpo central de la cabaña, disparé la bazuca. La bola de nieve salió disparada a ras de suelo y empezó a rodar cuesta abajo.

¡Mi bola de nieve rodó hacia la guarida de los bandidos!

Brrrrrramm

A medida que la bola de nieve rodaba a toda velocidad por la larga cuesta en dirección a la guarida de los bandidos, iba arrastrando más y más nieve con ella y se hacía más y más grande. Pronto tuvo el tamaño de una pelota de playa y, después, de una gran roca. ¡Y cuando llegó a la cabaña, con un estruendo parecido al del poderoso topo de Jakeman, ya era tan grande como un globo aerostático!

¡Bam! Chocó de lleno contra la cabaña rompiendo la fachada, y oímos el espantoso crujido de la madera al partirse. *¡Crash!* La nieve quedó amontonada contra la pared trasera de la cabaña y el techo empezó a crujir también y se derrumbó. Había apuntado bien: las únicas partes del edificio que no resultaron dañadas fueron el corral y el cobertizo donde Mamuk estaba prisionero.

—¡Uau! —exclamó Arnuq—. ¿Eso estaba previsto?

—Bueno, pensé que podría romper la puerta de entrada —admití.

—Está claro que lo has conseguido, querido —sonrió Arnuq.

Y los dos estallamos en carcajadas. En ese momento oímos unos gemidos procedentes de la avalancha de nieve y, al levantar la mirada, vimos que Belcher y sus compinches empezaban a salir de debajo de ella.

—¡Vamos! —grité.

El cielo empezaba a oscurecer. Subimos de un salto al trineo de carreras y salimos disparados hacia la cabaña. Cuando detuvimos el trineo delante de ella, vimos las botas de Emmett que sobresalían del enorme montón de nieve y pateaban con furia en el aire.

—¿Es que no hay nadie por ahí? —gritaba. Pero la voz llegaba amortiguada por la nieve—. ¡Socorro! ¡Que alguien me saque de aquí!

—Por ahí —le dije a Arnuq, sin hacer caso del bandido y llevándola hacia un lado de la cabaña, hasta el cobertizo—. Apártate, Mamuk —grité.

Disparé la bazuca y la puerta se abrió. El pastor de renos salió del cobertizo sonriendo y riendo con gran alegría.

–¡Ho, ho! Bien hecho. Sabía que podía confiar en vosotros dos –dijo–. Y todavía tenemos tiempo de llegar a casa y cargar todo lo necesario para el viaje –añadió, consultando su reloj.

Pero la diversión todavía no había terminado. En ese preciso instante oímos un grito procedente del otro extremo del desfiladero: los bandidos habían conseguido salir de debajo de la montaña de nieve y ya galopaban ladera abajo, hacia nosotros.

–¡Oh, no! ¿Qué vamos a hacer ahora? –grité.

El ejército polar de Arnuq

Ninguno de mis dos amigos respondió, pero Arnuq se llevó el cuerno a los labios otra vez y tocó una serie de notas claras y brillantes.

–¿De qué va a servir esto? –pregunté–. La otra vez que lo soplaste no ocurrió nada.

–Eso fue solo un toque de atención –repuso Arnuq en tono de gran seguridad.

Arnug hizo sonar su cuerno de caza

Ahora ya no parecía nerviosa ni mayor en absoluto–. Esta vez es una llamada a la acción.

Arnuq todavía no había terminado de hablar cuando ya empecé a ver que algo sucedía a poca distancia de los bandidos: algo se movía de forma extraña, como si la misma nieve se agitara. Luego, al prestar más atención, empecé a distinguir varios ojillos pequeños y negros y unas enormes garras. Después, pude ver unas caras que tenían un hocico terminado en una nariz redonda y negra, y por fin me di cuenta de qué se trataba: un grupo de auténticos osos polares avanzaban por el desfiladero para cortar el paso a los bandidos.

Los osos bramaban y rugían mostrando sus poderosos colmillos.

Nuestros atacantes soltaron unos gritos de profundo pánico e hicieron dar media vuelta a sus caballos. Los osos bajaron corriendo por el desfiladero persiguendo a los bandidos.

–¡Regresad, chicos! ¡No me dejéis aquí solo! –gritó Emmet, que por fin había podido salir de la enorme montaña de nieve. Corrió hasta su caballo, lo desató de la valla del corral, saltó sobre la silla de montar y se marchó a todo galope tras sus amigos.

–¡Esperadme! –gritaba a sus compinches, pero ¡ellos no le hacían el menor caso!

–¡Hurra! –gritamos nosotros, al ver que los osos polares echaban a los bandidos del Desfiladero Congelado–. ¡Esos bandidos cabezashuecas ya no volverán!

Me pregunto si consiguieron escapar.

Preparados para la Navidad

Cuando los bandidos hubieron desaparecido, corrí a la cabaña para intentar encontrar la caja fuerte donde se hallaba mi valiosa mochila. ¡Oh, no! ¡Había quedado enterrada bajo la montaña de nieve! Empecé a excavar con frenesí.

—¡Colas de pez congeladas! Vamos, Charlie. Tenemos que irnos.

—Necesito mi equipo de explorador. Esperad un minuto… Estoy seguro de que lo encontraré.

Pero no sirvió de nada: cuanto más excavaba, más cuenta me daba de que era una batalla perdida. Tardaría una eternidad en encontrarla.

—No te preocupes por tu bolsa, Charlie —dijo Mamuk.

—Para ti es fácil decirlo —grité, aterrorizado.

—Confía en mí, Charlie, no te preocupes por ella —me dijo con ojos brillantes y pícaros—. Ahora, vamos. Ya llegamos tarde.

Bajé de la montaña de nieve, abatido, y me reuní con mis dos compañeros intentando quitarme de la cabeza la pérdida de mi mochila. Soltamos a los otros renos de Mamuk del corral y los enganchamos al trineo, que estaba aparcado en la parte posterior de la cabaña. Volví a montar en el trineo de carreras de Arnuq y empezamos a avanzar. Enseguida dejamos el Desfiladero Congelado atrás… con mi mochila todavía allí, perdida para siempre.

Cuando llegamos a la caverna de Mamuk, ya era casi medianoche. Un centinela nos esperaba al lado de la puerta de piedra que conducía a la fábrica de juguetes. El hombre empujó un saliente de la roca y una ancha puerta que había a un lado de la cueva retumbó y se abrió. Mamuk la cruzó con el trineo y los demás lo seguimos hasta una pequeña habitación. Tuvimos que apretarnos un poco, pero al final cupimos todos. Entonces Mamuk apretó un botón de un panel que había en la pared y la habitación empezó a zumbar y a temblar. Entonces comprendí que estábamos en un gran ascensor que nos llevaba hacia abajo, hacia el interior de la montaña.

Cuando las puertas se abrieron de nuevo, nos encontramos ante la sala de despegue. Allí dentro había una gran actividad. Mamuk condujo el trineo hasta la rampa de despegue, a la cabeza de una larga hilera de trineos. Cada uno de ellos tenía un grupo de renos enganchados a él, y todos estaban cargados hasta arriba con juguetes y regalos. Los asientos delanteros estaban ocupados ya por los pastores conductores.

Mientras unos ayudantes cargaban el trineo de Mamuk y enganchaban a *Rudy* a y *Donner* a su grupo de renos, Mamuk me hizo una señal para que subiera.

—Vamos, Charlie —dijo, mientras consultaba un gran montón de pedidos de entrega—. ¡No hay tiempo que perder! Está a punto de dar la medianoche, y si quieres ir a la fábrica de Jakeman, será mejor que subas. ¡Ho, ho!

Salté a la parte trasera del trineo y me acurruqué entre los regalos. Justo entonces, un gran reloj que se encontraba sobre una alta torre de metal empezó a dar las campanadas y los renos se pusieron nerviosos. Temblaban y movían las orejas, inquietos.

Cuando las campanadas dejaron de sonar, Mamuk gritó:

—¡Adelante!

Y el trineo salió disparado por la rampa de despegue. Los demás lo siguieron muy de cerca.

Al llegar al final de la rampa, *Rudy* y los demás renos de su grupo saltaron y… despegamos. Pero esta vez no volvimos a bajar al suelo, sino que continuamos elevándonos cada vez más y más, galopando por el cielo iluminado por la luna. ¡Oh, fue fantástico!

Miré hacia abajo y vi las montañas pasar cada vez más rápido. Pronto pareció que el mundo girara a mi alrededor, todo se convirtió en una

nube borrosa y enloquecida y la cabeza empezó a darme vueltas. Miré hacia atrás y vi que los demás renos nos seguían formando una V, como un equipo de aviones de acrobacia. Luego cada uno salió disparado en una dirección distinta y nosotros nos quedamos a solas en el ancho cielo negro.

Ahora ya no veía nada ni por arriba ni por abajo: era como si estuviéramos suspendidos en un vasto espacio. Yo estaba muy cansado y me resultaba un esfuerzo permanecer despierto. «Tienes que continuar despierto —me dije—. Nunca más volverás a tener una aventura como esta.»

De repente se me ocurrió una cosa que me sobresaltó: ¡era una idea genial! Si de verdad

Mamuk era quien creía que era, ¿por qué no me podía llevar él a casa esa noche? Árbol me había dicho que Mamuk sabía dónde vivía todo el mundo, ¡así que seguro que tenía que pasar por mi casa en algún momento! Así no tendría que ir a la fábrica de Jakeman, ¡y estaría en casa por la mañana! Sí, eso era lo que iba a hacer… Entonces caí en un sueño profundo, profundo.

¡Allá voy otra vez!

Al abrir los ojos, vi que la luz del sol penetraba a través de un delgado material que me servía de techo, justo encima de mi cabeza. Me incorporé de inmediato y miré a mi alrededor. ¡Me encontraba en una pequeña tienda de campaña! «¿Qué está pasando? –me pregunté–. ¿Dónde está Mamuk y por qué no estoy en su trineo? ¡Me ha abandonado… y he perdido la oportunidad de pedirle que me llevara a casa! ¡Maldición, dobles rayos y centellas!»

¿Bueno, dónde estaba? Era evidente que Mamuk no me había dejado en la fábrica de Jakeman tal como había prometido. Me puse a gatas, abrí la puerta de la tienda y miré hacia fuera. Era un día claro y soleado. Delante de mí había una gran extensión de césped que, de repente, terminaba en el vacío. Más allá vi que había un hermoso valle verde recorrido por un río ancho y plateado. Al otro lado del río había una pequeña ciudad que tenía una iglesia y un grupo de casas de tejados rojos. Incluso a esa distancia podía distinguir a las personas que, como hormigas, caminaban por las calles.

Un poco más abajo del valle, el río se hacía más ancho y desembocaba en un estuario que tenía innumerables arroyos y cursos de agua que dividían la tierra en cientos de islas frondosas. Allí había todavía más edificios, y unos muelles en los cuales se veía una pequeña flota de barcos anclados. En la costa, sobre un alto promontorio que se encontraba en un extremo alejado del valle, había un edificio muy grande: era un edificio feo, alto y cubierto de hollín que tenía muchas chimeneas de las que salían unas columnas de humo gris.

«¿Dónde diantre estoy? ¿Por qué me ha dejado...? ¡Vaya! ¿Qué es esto?», pensé. Acababa de tropezar contra un objeto que estaba al lado de la puerta de la tienda. Levanté el abrigo de pieles sobre el que había dormido y me encontré un paquete envuelto con un papel de alegres colores. En él había una etiqueta que ponía:

Para Charlie,

¡FELIZ NAVIDAD! ☺

con cariño, de

Mamuk y Arnug

XXX

«¡No me lo puedo creer!» ¡Mamuk me había abandonado en medio de la nada, pero me había dejado un regalo! Arranqué el envoltorio y allí, para mi sorpresa, apareció una mochila completamente nueva. «¡Oh, no, no, no, Mamuk! Sé que dijiste que no me preocupara por mi mochila, pero era lo que había dentro de ella lo que era importante, ¡no la mochila!» Pero entonces, mientras la dejaba en el suelo, desconsolado, oí que algo tintineaba dentro de ella.

La abrí y le di la vuelta… ¡y al suelo cayó mi equipo de explorador! Mis mapas, y la botella de agua; la navaja multiusos y el cráneo de murciélago; el diente de tiburón y el billete de tren. ¡Todo lo que estaba en mi vieja mochila aparecía ahora en esta!

Y no solo eso, sino que había un lazo nuevo y un telescopio para reemplazar el que había perdido en el terrible foso del Mundo Subterráneo. (Pero ¡no había ningún diente de cocodrilo!) Incluso el mapa de Jakeman, que lo llevaba en el bolsillo, había sido misteriosamente completado y señalaba todas las zonas que faltaban. ¿Cómo había conseguido hacerlo Mamuk? Eso era una magia impresionante, pero claro, él es una persona muy, muy especial, ¿no es así?

En el fondo de la mochila había un papel doblado. Decía lo siguiente:

Querido Charlie:

Siento mucho tener que dejarte aquí,
pero tengo una prisa terrible.
Te has quedado dormido, y no quería
despertarte.
Al otro lado del valle encontrarás
la fábrica de Jakeman. No comprendo
por qué no me pediste que te dejara
en tu casa... ¿cuál es la dirección?
Quizá pase por allí. Pero mi buen
amigo Jakeman te ayudará, y es mejor
que encuentres el camino a casa por
tus propios medios.
¡Buena suerte, Charlie, y muchas
gracias por ayudar a salvar la Navidad!
Tu buen amigo

Mamuk

P.D. ¡Espero que el equipo
de explorador esté completo!

«Bueno —pensé—. Por lo menos Mamuk no me ha abandonado del todo. Pero ¿por qué es mejor que encuentre el camino de mi casa por mis propios medios? Quizá Mamuk piense que eso me ayudará a formar el carácter o algo... y puede que tenga razón. Después de todo, estoy viviendo la mejor aventura de mi vida, ¡de cien vidas, de hecho!»

Me sentía más animado, así que salí de la tienda y miré por mi nuevo telescopio. Sí, Mamuk tenía razón. El enorme edificio que había al otro lado del valle tenía un rótulo sobre la puerta principal y distinguí claramente lo que ponía:

FÁBRICA JAKEMAN

Estaría allí con solo dar un corto paseo. Bueno, pues, «¡casa, allá voy!».

Me senté en la tienda y escribí mi diario. Luego guardé mi equipo de explorador, y la tienda en la mochila nueva. Y mientras me la cargaba a la espalda, me di cuenta de que en la tira derecha había un pequeño disco a la altura del hombro. En él había cuatro botones, cada uno de un color, y otro en el medio, así:

«¡Vaya! –pensé–. ¿Para qué servirán? Desde luego, mi vieja mochila no los tenía.» Apreté con cuidado los cuatro botones exteriores, uno detrás de otro, pero no ocurrió nada. «Esto parece una pérdida de tiempo», y entonces, sin darme cuenta, apreté el botón central.

El cuadro de botones de mi mochila nueva

¡FFIIIIUUUUUUM! Oí un ruido procedente de la parte de abajo de la mochila ¡y una llamarada de fuego estuvo a punto de quemarme el pantalón tejano mientras me levantaba unos centímetros del suelo! ¡Socorro! Solté el botón y aterricé casi dándome un batacazo. Inmediatamente me quité la mochila y la dejé caer al suelo. Vi que en la parte inferior sobresalían dos círculos metálicos, como si fueran dos trozos de lata de alubias. ¡Uau! Eran unos minicohetes: Mamuk me había dado una mochila que volaba. ¡Qué alucinante!

Volví a ponerme la mochila. «Vale –me dije–. Si el botón central es para encender los propulsores, quizá los otros sean para dirigir.» Así que lo volví a intentar. Esta vez apreté en primer lugar el botón central con suavidad, y oí un suave clic. Otra vez despegué y me quedé a medio metro del suelo. Luego apreté el botón de arriba y así fue: empecé a volar hacia delante. Volví a apretar el botón central

y me elevé un par de metros más. Ahora
ya iba a una velocidad de corredor.

   –¡Esto es genial! –grité–. Esto es… ¡Socorro!

   Di un par de volteretas justo en el borde del
precipicio que bajaba hasta el valle. Apreté
el botón por tercera vez: ¡los propulsores
empezaron a zumbar
como si fueran un
enjambre de mosquitos
y salí disparado hacia
arriba!

   –¡No! –grité–.
¡Quiero bajar!

   ¿Por qué no había
ningún manual de
instrucciones en esta
mochila? Cerré los ojos
y volví a apretar. Los
propulsores perdieron
potencia y empecé a
descender despacio. Apreté dos
veces más y volví a poner los pies en el suelo.
Buf, había sido terrorífico. ¡Terrorífico, pero
divertido! Quizá el borde de un precipicio
no fuera el mejor lugar para practicar. Decidí
que esperaría a llegar al valle y allí lo volvería
a intentar.

   Encontré un sendero estrecho que parecía
bajar en zigzag hasta el río, así que lo seguí
a paso vivo. El sol brillaba con fuerza,

los pájaros cantaban y el río resplandecía en la distancia. Todo era perfecto. Y entonces, justo cuando giraba por una curva del sendero, ¡el mundo se oscureció!

—Eh, ¿qué está pasando? —grité.

Me llevé las manos a la cabeza y me di cuenta de que me la habían cubierto con una tela muy basta. Alguien me había puesto un saco en la cabeza. Pero ¿quién? ¿Y por qué?

—¡Ya lo tenemos! —oí que decía una voz—. ¡Llevémoslo al muelle!

—¡No! —grité, completamente asustado—. ¡Soltadme! Tengo que ir a la fábrica de Jakeman.

¡El mundo se oscureció!

—Bueno, pues no vas a ir —contestó la misma voz—. Vas a venir con nosotros, quieras o no.

Ayuda

NOTA DEL EDITOR

Aquí termina el sexto diario de Charlie. ¿Quién lo ha capturado y qué increíbles aventuras esperan a nuestro intrépido explorador? Tened los ojos abiertos por si aparece otro increíble diario de Charlie Small.

Te atraparemos,
Charlie Small,
los bandidos

vigila, chaval

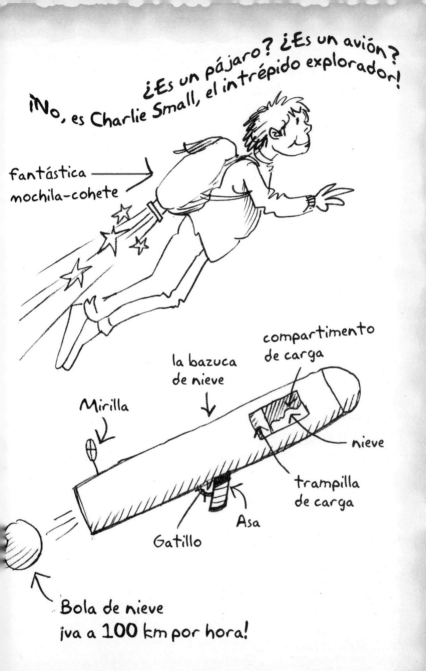